パレット文庫

少年卒業記

秀麗学院高校物語 16

七海花音

小学館

主な登場人物

▲花月《かげつ》那智《なち》

高2。踊りの家元の跡取《あとと》り。学年副頭取で、学院の陰《かげ》の仕事人として、いつも頼もしく涼を支えている。

▲不破《ふわ》　涼《りょう》

高2。学年最高頭取。独《ひと》り暮《く》らしで、夜はクラブで働いている。皆から信頼され、次期学院最高頭取に決まった!!

▲桐生《きりゅう》　真《しん》

高3。誰からも尊敬されている学院最高頭取。だが、夜の繁華街《はんかがい》で、涼の目の前に、大人びた姿で現れた……!!

▲桜井《さくらい》悠里《ゆうり》

高2。裕福な家庭で幸せいっぱいに育った。病弱だったが、涼と花月に支えられ、どんどん逞《たくま》しくなっていく……。

イラスト／おおや和美

もくじ

〜これまでのお話『少年聖夜』から〜

名門秀麗《しゅうれい》学院に特待生として通う、天涯孤独《てんがいこどく》の少年、不破涼《ふわりょう》は、高級クラブで働きながら現在独《ひと》り暮《ぐ》らしをしている。母親は涼を私生児として生み、父親の存在を明かさないまま、小学校五年の時、病気で他界。母を亡《な》くした後、涼は中三まで、母の異母兄である伯父《おじ》の家で働きながら暮らした。しかし、その伯父の牛乳屋が閉店。伯父の家は困窮《こんきゅう》の生活となる。涼に冷たかった伯父一家だったが、それでも五年間育ててもらった恩を忘れない涼は、一家に金銭的援助をする。その優しさに心を打たれた伯母《おば》は改心し、涼の母親の形見を返してくれる。その形見の品々から、涼は父親の手がかりをつかむ。そしてイブの晩、銀座にその父が現れるはずだったのに、秀麗学院に客員教師として来ていた、優峰《ゆうほう》学院の教師、峰岸優仁《みねぎしゆうじん》に邪魔《じゃま》されてしまう。峰岸は、優秀な涼を、自分の学院にスカウトしようと、アパートまで押しかけたのだ。結局、本当の父親には会えなかったが、涼は自分を本当の息子《むすこ》のように気にかけ心配し大事にしてくれる、画廊のオーナー田崎《たさき》の愛情に気づき、元気を取り戻してゆく。

秀麗学院高校物語16

少年卒業記

希望の種を蒔《ま》こう
大きな夢が育つように
土砂降《どしゃぶ》りの雨が降ろうとも
凍《い》てつく雪に閉ざされようとも
日照《ひで》りにだって、稲妻《いなずま》にだって、竜巻《たつまき》にだって負けない
そんな種を蒔こう
しっかり大地に根を生やし
ひたすら大空に向かって羽ばたいてゆく
そんな夢を蒔こう

冬の時代　～In the cold winter～

辛《つら》いとか、情けないとか、哀《かな》しいとか、悔しいとか。

そういう感情は、生きてゆく上で、時折、邪魔《じゃま》になる。


急がないと――。

そんなことより、今はとにかく急がないと。

僕は駅の改札を目指し、深夜の地下道をひた走っていた。

最終の地下鉄がホームに入ってくるまで、あと三分…。

それを逃せば、始発まで四時間ちょっと、またどこかで時間をつぶさねばならなくなる。

厳冬真っ只中《げんとうまっただなか》の一月に、それだけは避《さ》けたい。


こんな逼迫《ひっぱく》した状況にも拘《かかわ》らず、ふと足が止まってしまった。

視線の先に映っていたのは、愛嬌《あいきょう》のある一匹のクマ。

とある一流デパートが、地下道のショーウインドーに飾《かざ》っている舶来物《はくらいもの》の縫《ぬ》いぐるみだった。


いかにもふかふかと柔《やわ》らかそうで、見てるだけで気持ちの和《なご》むいい笑顔をしていた。

さぞかし高い物だろう。でも…つい、喜ぶ顔が目に浮かんでしまう。

あの人は、いくつになっても、こういうのが好きだから…。

そうだ──今度、仕事に出かける前に買っておいてあげよう。

そう心に決めると、僕はまた最終の地下鉄を目指し、ダッシュしていた。


券売機の前、切符を買おうと、札入《さつい》れを開く。

そこには千円札が数十枚、新品の五千円札が二枚。万札が一枚。

松の内が明けるのを待って、店に現れたお客さんにもらった、お年玉代わりのチップが詰め込まれている。この不況にも拘らず、ありがたい御祝儀《ごしゅうぎ》だ。

今日も本当によく働いた。


勤務中、蝶《ちょう》ネクタイの支配人が慌ただしく僕のテーブルに現れ、何度も何度も耳打ちした。

「指名が入ったから、ご挨拶《あいさつ》しておいで」

十分、二十分おきに、僕はあちらのテーブル、こちらのテーブルへと飛び回り、今年初めてお店にやって来てくれたお客さんたちと、明るく楽しい会話で盛り上がった。

僕は今や店で、一番の稼《かせ》ぎ手となっている。

政治、経済、芸能、音楽、ファッション、いつだって話題にはことかかないように、最善の努力をしてきた。それだけじゃない——余興《よきょう》に手品をすることもある。手相も少しだけ見ることができる。血液型、星座占《うらな》いにも詳《くわ》しい。英語も堪能《たんのう》、外国のお客様の相手もできる。ワインの善《よ》し悪《あ》しも語れる。しかし通常は聞き上手《じょうず》に徹する。

だけど、笑ってしまう。たぶん店の誰も信じないと思うが、僕が本当に好きで得意とするところは——物理、科学、数学。

そして将来の夢は、宇宙工学を勉強し、日本で宇宙開発の仕事に携《たずさ》わること。

東京の繁華街《はんかがい》ナンバー・ワン・ホストが夢見ることじゃないかもしれないけど。

僕は絶対、この人生を諦《あきら》めたりしない。

どんな手を使っても、幸せになってやる。

そう思うことでしか、僕は自分を励《はげ》ませないでいた。

高三の冬——。

一月八日。

高校二年の三学期が始まり、放課後、いつものように友人が、俺の独《ひと》り暮《ぐ》らしのアパートに集まっていた。

「ふう…こんなおいしいものが東京で食べられるのでしたら、イタリアなど行く必要はまったくありませんね」

漆黒《しっこく》の黒髪をさらさらと揺らした、雅《みやび》で、そこはかとない品格のある同級生が——おそらく負け惜しみだと思うが——俺の作ったスパゲティを褒《ほ》めてくれる。

「ホント、その通りだよ、なっちゃん。今やイタリアンのメッカは、ここ不破邸《ふわてい》に移ったと言っても過言じゃないよ。ここはローマであり、ミラノであり、フィレンツェなんだよ。僕にはこの純和風六畳間が、『ローマの休日』のスペイン広場にさえ見えてきたよ」

もう一人の同級生が、真っ茶色の瞳《ひとみ》を真ん丸にし、これまた真っ茶色の睫《まつ》毛《げ》をぱっちりと跳ね上げ、何やらわけのわからないことを力説している。

「そんなことより、二人とも、おかわりまだたくさんあるから、どんどん食べていいよ」

飼い猫のキチにはイワシのすり身のパスタだ。結構、気に入って食べてくれている。

うちの猫は贅沢《ぜいたく》を言わないので、助かる。

しかし麺類《めんるい》まで食べる猫は珍しいかもしれない。

「でもホント言うと、僕やっぱり悔しいっ！　だって、涼《りょう》ちゃんの番号、037組の602

198だったんだよ。これって『オオ、みんなで、ローマに行くわ』って読めないっ⁉　読めるよねっ？　僕、暮れに涼ちゃんが、その『書店くじ』の番号を手にした時、ああ、今年の五泊六日のローマの旅は、絶対涼ちゃんのものだって確信したんだよっ！」

先程、俺の貧乏《びんぼう》アパートをスペイン広場とまで言い切った同級生——桜井《さくらい》悠里《ゆうり》という——は、せっかくアイドル顔負けの可愛《かわい》らしい顔をしているのに、瞳の中に無念の炎《ほのお》をメラメラと燃やし始めた。

「ゆ…悠里…食事中、そんなに怒ったら、消化によくないぞ…。第一、去年はロンドン、そして今年はローマだなんて、そんな棚《たな》ぼた式のラッキーが続いたら、俺はもう…これから先、何の幸運も残ってないような気がしてくる…。そんな大それたこと願ってないよ」

それどころか、つい先程、行きつけのスーパーが、新春イタリアン・フェアを開いていて、レシート合計金額千円ごとに一回、三角スピードくじを引かせてもらえるのだが、俺はなんと、たった一回引かせてもらったくじで、三等のパスタ・セットを当ててしまい、ただ今、相当恐縮《きょうしゅく》している真っ最中だ。

そしてその頂《いただ》き物の賞品を使って、早速、あれこれと料理をしてみた。

「不破、あなたまさか…弱気になっているのじゃないでしょうね？　いつも言ってますが、あなたの運は超無限大なのですよ。あなたは運を使えば使うほど、さらなる幸運に見舞われてしまう、そういう星の下に生まれているのです。思えばあなたは、たかだか五泊六日のローマ旅行ごときにおさまる器《うつわ》じゃなかったってことです。そう、強《し》いて言えば、あなたには、宇宙船『クール・ビューティー号』に乗ってもらい、銀河系一周の旅に出かけたって、まだまだおつりがくるほどの美少年なのです。おわかりですか？」

いったんフォークをテーブルに置き、俺を諭《さと》すように語るのは、先程、漆黒の長髪をさらさらと揺らしていた、日舞の家元の一人息子《むすこ》、花月那智《かげつなち》である。

「ごめん…よくわからないけど、とにかく、残念だったよな…。花月、ヴァティカン博物館のシスティーナ礼拝堂に行きたいって言ってたもんな…」

俺は逆にその同級生をなだめてしまう。

たぶん一番ローマに行きたかったのは、この人だろう。

「いいんです、不破っ、もう言わないで下さいっ。ローマは一日にして成らずですっ。ってことは、ちょっとやそっとじゃ、ローマはなくならないってことですっ（？）。あんなとこ、その気になればいつだって行けるんですっ。いいえ、行ってやりますっ。でも悔しいですっ。実は私のくじ番号は、１５０組の２８１０４８だったんですっ。これって、『行こう、不破とヨーロッパ』って読めるでしょう？　私はこの番号を書店のレジで受け取った瞬間、すぐまた店の奥へと舞い戻ってゆき、イタリアのガイドブックを買い占めてしまったほどだったんですっ！」

なにも買い占めなくても…。

家元の一人息子は、相変わらず思い込みの激しい性格だった。

「ところでなっちゃんっ、ちょっと訊《き》いていい？　『行こう、不破とヨーロッパ』ってことは、まさか涼ちゃんとペアで行こうとしてたってことじゃないよねっ？　もちろん僕もメンバーに入れてくれてたよねっ？　そこんとこ、正直にどうなのっ！」

あっ…悠里の瞳がさらにメラメラと燃え上がっている。

話は全く違う方向に行ってしまっているような…。

「悠里っ、見損なってもらっては困りますっ。この花月、不破への想《おも》いは並々ならぬものがありますが、だからといって、抜け駆けするとか、出し抜くとか、この際、サン・ピエトロ大聖堂で式を挙《あ》げてしまおうとか、そういうことを考えていたとでも言いたいのですかっ」

サン・ピエトロ大聖堂…世界最大の規模を誇るカトリック教会の主聖堂だ。ヴァティカン市国のすぐ隣《となり》にある…。花月はやはりまだかなりローマにこだわっているみたいだ。

しかし式とは何のことだろう…。この友人は、あまりに賢《かしこ》すぎるせいか、意味不明の発言が多い。

そして台所では、オーブン・トースターのタイマーが、チーンと鳴る音がする。

「あっ…そろそろナスのグラタンも焼けた頃だから、俺、持ってくるな…」

東京屈指《くっし》の名門校、秀麗《しゅうれい》学院高校二年、早生まれなので現在まだ十六歳の俺、不破涼は、こたつからそろりと抜け出した。

「あっ、不破っ、行かないで下さいっ、この花月、たかだか書店くじに外れたくらいで、落ち込んでしまって、間違ってました。ごめんなさいっ」

行かないで下さいって、だから俺…ただ台所に料理を取りに行くだけなのに…。

それに謝《あやま》られても違うような気がする。

「なっちゃん、そんなことより僕の質問に答えてないよっ。だから、ローマ旅行のメンバーには、僕も入ってたのっ？　どうなのっ？　怒らないから、ちゃんと言って！」

悠里は鋭《するど》い視線で花月に食い下がっている。

しかし本当にもったいない状態を自《みずか》ら呼び込んでしまう人だ。

小・中学校の時は、集合写真と言えば、クラスの女子が、死んでも悠里の隣に並ぶことだけは避けたかったほどの可愛さだったのに、この頃、明らかに相当血の気が多くなっている。

たぶん俺らの影響が大きいのだろう。

「そんなこと当たり前じゃないですか、悠里。旅行と言えば、当然、あなたもご一緒です。この花月、異国で不破と二人きり、五泊六日のペア旅行だなんて、それこそ一生の運、いえ、たぶん来世《らいせ》、来来世までの運を使い果たしてしまうであろう傍若無人《ぼうじゃくぶじん》、言語道断《ごんごどうだん》、前代未聞《ぜんだいみもん》、得手勝手《えてかって》な行いができる人間だとお思いですか？　確かにこれまでの人生、好き勝手に、怖いモノなしで生きてきた私ですが、人としての道だけは外してないつもりですよ。これだけは私の名誉のために、はっきり言っておきますね」

とうとう名誉まで出てきたか…。

話がどんどん大きくなっている。

絵に描いた餅《もち》（特賞・ローマ、ペア旅行の件）について、ここまで議論を膨《ふく》らませることができるのは、恐らく東京、北海道、京都、大阪、そして残り四十三の各県を津《つ》々浦《うら》々《うら》探しても、この二人以外にはいないと思う。また、そんな人があちこちにいても困る。

ゆえに俺は、この同級生らをしばらく放って、静かに台所へと入り、オーブン・トースターから、ナスのグラタンを取り出す。

トッピングのチーズがうまく焼けてて、大成功だ。スライスしたじゃがいももいい焼き色がついている。なすの照り具合も満点だ。

「なっちゃん…その通りだね…よくよく考えると、僕だって涼ちゃんと二人きりのツアーだなんて、四六時中胸がドキドキ苦しくて…せっかくここまでよくなった心臓にも負担かもしれない…。ごめんね、僕、言いたい放題言って。なっちゃんの気持ち、わかってたはずなのに…」

悠里の声のトーンが、反省モードに入っている。

俺は、この悠里とは、小学校五年から中学三年まで同じ学校に通っていた。

今はこの通り普通の生活をしている幼《おさな》なじみだが、実は長いこと先天性の心臓疾患に苦しんできた。

そして昨年の夏、大手術を受け、見事に病気を克服した体だ。

しかし、気をつけて見ていないと、すぐに無茶をする人だ。

「いえ…私こそ大人気《おとなげ》ありませんでした。でもいつか機会があったら、三人で是非、ローマに行きましょうね♥　あなたも美術館巡りはお好きでしょうし。あそこは芸術の宝庫です。私、格安ツアーを見つけてきますから」

結局、聞いていると、なんだかんだと仲のいい二人だ。

そして俺は先程、台所のクズかごに投げ捨てた書店くじ数十枚を改めて見つめ、何だかおかしくて笑ってしまう。

それは年末になると、ある大手の書店チェーンが、本を購入するたび、客にくれる書店くじだった。

特賞・ペアでローマ五泊六日の旅。二十組。

こんなもの通常当たらないと思うのだが、なんと昨年、俺はその書店くじで、ペアでロンドン五泊六日の旅というのを当ててしまった経歴を持つ。

そして、一人分の金額を追加して、俺、悠里、花月の三人で、華々《はなばな》しく初の海外旅行に出かけたのであった。

一年前の冬のことだ。

想い出は今なお鮮烈《せんれつ》だ。あの時、英国で見たもの、聞いたこと、すべてが衝撃《しょうげき》で、ひょっとしてあの旅はすべて夢だったのではないかと思うくらいに、感動につぐ感動だった。

それゆえ、一度あることは二度あるかもしれない、と、俺ら三人は、昨年末から再び、せっせと書店くじを集めだし、本日、新学期初日の放課後、去年特賞をもらった同じ書店に行き、当選番号をチェックしたのであった。

結果は——最下等の五百円図書券ですら当たってなかった。

昨年より遥かに多く、そのくじを手にしたのに…。

花月と悠里は、そのことが残念で仕方がないのだ。

だけど、特賞が取れなくたって、俺は別段がっかりしていなかった。

だってその年末から正月にかけて、俺はずっとすごく幸せで、楽しかったから。

独り暮らしの俺は、年末・年始に悠里や花月の家に招かれると、まるで家族のように扱ってもらい、毎日ずっと笑顔が絶えなかった。

大掃除、正月の準備、暮れの買い出し、おせち作り、餅つき、初日の出、初詣《はつもうで》、すごろく、トランプ、お年玉、着物まで着せてもらって、毎朝目が覚《さ》めるたび、これは夢じゃないかと思っていた。

だから、ローマなんて行けなくても、怖いくらいに幸せなんだ。

でも、俺には親がいない。悲しいけど、これは事実だ。

父親は生まれた時からいない。その人がどこの誰かも、今どこにいるかも、また、生きているのかどうかすら、わからない。

母は一人で俺を生み、大事に育ててくれたが、ささいな風邪《かぜ》をこじらせ、肺炎《はいえん》を併発させると、高熱にうかされ、あっけなく逝《い》ってしまった。

俺が小学校五年に上がった春のことだった。母は結局、父のことを何ひとつ教えてくれず、突然旅だってしまった。

母が亡《な》くなった後、俺は母の異母兄にあたる伯父《おじ》に引き取られ、そこの家業の牛乳店を手伝いながら、中学三年までお世話になった。

そして秀麗学院高校にトップ入学し、入学金、授業料を免除されると、独り暮らしを始めた。

そして一年と二学期が過ぎて…今、高二の三学期を迎えている。

もちろん、これまで辛いことがなかったと言うと、嘘《うそ》になる。

お金もないのに、無理に無理を重ね、秀麗のような私立に入って、学校には秘密で夜の仕事に就《つ》き、必死に働き、生計を立てている。

別に公立高校に行ったってよかったのだが、親もいない、何の後《うし》ろ盾《だて》もない俺は、どうしても名門校の肩書が欲しかった。

世の中の誰もが認めてくれる学校に通い、それを自分を守る手立てとしたかった。

そんなどうしようもない理由で、秀麗に入学した俺だったのに、先生、同級生は、みんな親切で優《やさ》しかった。

振り返ると――周りの人たちに助けられ、励まされ、勇気をもらった日々だったことに気づく。

中でも一番、俺によくしてくれたのが、今、このおんぼろアパートに遊びに来てくれている、花月と悠里だ。

この二人とは入学してから、いつだって、どんな時だって、一緒だった。

秀麗学院に入った時から、自分の人生が少しずつ変わっていった。

今はもう、秀麗が名門校だからとか、誇るものの何ひとつない自分の後ろ盾になってくれるかもしれないから、という理由で、学院を大切に思っているわけではない。

そこにいる同級生や先生方が、いつだって俺の人生を明るく灯《とも》してくれたから。

この場所だけは、失いたくないと思うようになっていた。

「涼ちゃんっ、すごいねっ、このナスのグラタン、めちゃくちゃおいしいよっ。こっちのキノコとアサリのスパゲティも絶品だけど、このグラタンは料理の鉄人級の味だねっ。僕、こんなにおいしいイタリアン、食べたことがないっ」

悠里はすっかり満面の笑みに戻っている。

昔は食が細くて、体力もなかった悠里が、こんなに喜んで食べてくれる。その元気な顔を見せてもらえるだけで、こんなにも嬉《うれ》しい。

「実は私、こんなこともあろうかと、今日はカメラを持参してきたんです。この素晴《すば》らしい料理の数々を囲んで、三人一緒の写真を撮《と》りましょうね？」

花月はうきうきと学生鞄《かばん》からコンパクト・カメラを取り出すと、それを窓際の本棚にセットする。

タイマーをしかけ、急いでこたつに戻り、三人でカメラに向かって、とびきりの笑顔になると――。

春の光のようなフラッシュが部屋を照らした。

こたつの上には、三人分のスパゲティ、グラタン、サラダ。

俺を真ん中にして、左に花月、右に悠里。

飼い猫のキチは、腕の中。

こんなににこにこしている俺なんて、たぶん母さんは想像できないかもしれない。

でも、俺は、この通り幸せなんです。

色々あっても、それでも幸せです。

こんな日が来るとは、思っていませんでした。


大好きな学校に通えて、兄弟みたいに仲のいい友達がいつも側《そば》にいて、体はこんなに健康で、仕事をさせてもらえて、三度三度食べられて、勉強は大変だけど、でも楽しくて、なついてくれる猫までいて。

どうか安心して下さい。

俺は、これからも頑張っていきますから。


この学期を終えたら、もうすぐ高校三年生になります。

小学校五年で母さんと別れ、路頭《ろとう》に迷っていた俺はもういません。

毎日が宝物みたいに大切です。

だからどうか、これからも見守っていて下さい。

どんなことがあっても負けませんから。

胸を張って生きていきます。
母さんにもらった、大事な人生です。
もうすぐ俺、十七歳になります——。

最上階へ向かって　〜Going up to the top〜

一月九日──。

平常通りの授業が始まった。

俺は正月気分を一掃し、この高二の最終学期を気合を入れて乗り切ろうと思っていた。

そして今晩からまた、夜の仕事を始める予定だ。

仕事は会員制の高級クラブのフロア・ボーイ。放課後、月・水・金の晩、都心の繁華街で働かせてもらっている。

しかし秀麗学院は、生徒のアルバイトを堅く禁止しているので、見つかると軽くて停学、俺の場合は、まだ十六歳で職種が職種なので即刻退学は免《まぬが》れない。

秀麗には、過去に何人も、アルバイトが原因で、退学になった生徒がいる。

学院長は厳しい人で、どんな理由があろうとも、この件に関しては、規則を変えようとしない。それでは今まで罰《ばつ》を受け退学になった生徒たちに不平等だと言うのだ。

もちろん高校生らしく、ファースト・フードやコンビニや喫茶店などで働くことを選べば、少しはリスクが低くなるのかもしれないが、それだと平日は毎放課後、日曜日は朝から晩まで働かなくてはならず、勉強する時間がなくなってしまう。

俺は今、奨学金として授業料が免除されているが、それは成績が学年三番以内に入っているからこその特待制度だ。もし、成績が三番以内から落ちるようなことがあれば、次学期からは即座に自費で通わねばならなくなる。

ゆえに毎学期毎学期が、奨学金獲得の戦いだった。

だからいつ自費で通ってもいいように、常に貯金はしておかなければならない。大学入学の資金も準備したいし。

そういう意味でも、ナイト・クラブの仕事は本当に俺の生活を救ってくれていた。

職業に貴賤《きせん》なんてない。

すでにもう親のない自分が、生きるために働いてそれのどこが責められるのだろう。

今の世の中、不況で苦しんでいる人は大勢いる。

生活のためにアルバイトをせねばならない生徒は、きっとここ秀麗にもいると思う。たぶん俺だけじゃない。

なのに、俺は未《いま》だにこの問題をどうにもできないでいる。

そして結局、仕事をしていることがばれないよう、常に細心の注意を払うしかなかった。何も悪いことをしているわけではないのに――時々、後ろめたいような気にさせられるのは、悔しい。

秀麗はいい学校だけど、この点だけは納得できない。

「で、なんで不破は正月明けから、そんな厳しい顔をしてるの。先生がいつもいつも不破に勤労奉仕ばかりさせるから、警戒してるの？　ひょっとして今日あたり、中等部の冬休みの宿題チェックのお手伝いさせられると思って？」

ハッ…気がつくと俺は、あれこれ生活のことを考え、三学期最初の英語のリーダーの授業もすっかり上《うわ》の空《そら》だった。

先のことをくよくよ考えたってしょうがないのに。これは大失敗だった。

一年の時の担任だった黒田《くろだ》先生は、俺の机の横に来るとしゃがみこみ、俺と同じ目の高さでじっと俺を見ていた。

「あっ…ちっ、違いますっ、俺…えっと…冬休みボケでっ…暮れから正月、割とのんびりしていたもので…今日もまだちょっと気がゆるんでてっ。すみませんっ。それに厳しい顔っていうのは…生まれつきなんですっ…。ベツに先生のことを警戒してるとかそういうことじゃありませんっ」

クラスのみんながクスクス笑いだす。どうせ俺はこういう顔だ…。

今さら、しようがないじゃないか…。

「黒田先生、それは違います――」

何を言うのかと思うと、隣の席の花月がすっくと立ち上がっていた。

すごく嫌な予感。

「この正月、不破は私の家に数日、滞在して下さったのですが、この勤勉な彼は、早朝目を覚ますと、まずすぐに読書。そのほとんどが洋書でした。朝食を終えると、皿洗い、暇《ひま》を見つけては、私の部屋の掃除。一般的に正月と言えば、テレビのお笑い番組を見て、こたつでみかん初笑い、とくるのが筋ですよね？　しかし、そこがそんじょそこらの高校生とは違うのです。不破の好んで見る番組は、洋画。しかも、それをすべて副音声で聴《き》くのです。もう一度言います。副音声です――。不破はアメリカ映画はもちろん英語で、イギリス映画も当然英語で、そしてイタリア映画までイタリア語で聴くのです。字幕スーパー一切ナシです。そして時々、わからなかった単語をメモると、後ですぐに辞書を引き、マイ単語帳に記入しております。この不破のどこにのんびりという言葉が似合《にあ》うでしょうか？　不破は盆暮れ正月誕生日に関係なく、常に己《おのれ》に厳しくあるのです。超絶クール・ビューティーは一日にして成らずです。それに不破は、常に厳しい顔を保つことによって、ある意味、彼自身を救っているところがあります。不破が愛想のいい笑顔を、誰彼かまわずばらまくようになったら、どうなりますか？　秀麗の正門前にやって来る婦女子の数は、たぶん今の十倍、二十倍へと、それこそ際限無く膨らんでゆくでしょうね。そうなってからではもう、取り返しがつかないのですよ」

花月…何をお前、真面目《まじめ》な顔で、正月早々、先生に説教してるんだ…そういうことじゃないだろ…。

だって…お前の家は…地区のケーブル・テレビに加入してて、一日中、映画ばかりやってる専門チャンネルがあって…見たい映画が目白押しで…。

俺んちにある娯楽は、新聞（？）とラジカセだけだから、たまにテレビなんて見てしまうとつい…嬉しくて…。

それに映画だったら、どうせなら吹き替えでなく本物の声で聴いてみたかったし…。

花月には迷惑をかけないよう、あいつが風呂に入ってる時とか、踊りやお三味線《しゃみせん》の稽古《けいこ》をしている時に、ひっそり副音声で聞いていたのに…知られてたか…。

俺の行動は相変わらず怖いくらいに、何でも把握《はあく》されてるんだな…。

しかし、イタリア映画は日本語で聴いてもよかったかもしれない…結局、「チャオ」と「ボンジョルノ」しか聞き取れなかった…。

ローマへの道のりはかなり遠い。

「先生っ、それだけじゃありませんっ。涼ちゃんは暮れに、うちにも泊まりにきてくれたんですけど、暇を見つけては、うちの兄さまの書庫の本、難しいのばかりを選んで読んでました。江崎《えざき》博士の『半導体のトンネル効果』の発見についてとか、ベルノルンとミュラーの『酸化物高温超伝導』とか、ゲルマンの『クォーク理論』とか…そういう時の涼ちゃんって、側で見ると、本当はひょっとして、少年サンデーでも読んでるんじゃないかと思うほど、楽しそうで、生き生きワクワクしてるんです。あっ、その時の写真、撮ってありますから、今度見せますねっ」

ゆっ…悠里…どうして今、そんなことを発言する必要があるんだ…。そしてどうしてそうやって、そういうフィルムの無駄遣《づか》いをするんだ。俺の写真なんて撮ったって、後で処置に困るだけだろう？　違うか？

「しかし悠ちゃん…よく、人の読んでいる本のタイトルをきちんと覚えてるね…。しかもそんな難しい本の数々…」

黒田先生が逆に悠里に尋《たず》ねてしまう。

「ええ、僕は、涼ちゃんの読書傾向を、すべてチェックしてますから。例えばまず、どろどろした男女の恋愛モノとか、エッチ系の本は、読みません。科学、化学、生物、物理系が圧倒的に多いです。ここまで類を見ない美少年でありながら、将来ノーベル賞も夢ではないのは、世界広しといえども、恐らく涼ちゃん一人だと思います」

ているから…。


違う…悠里…だってそれは…お前の兄さん——遥《はるか》さん——がそういう本をたくさん持っ
俺は遥さんから、専門書を貸してもらえるのがすごく楽しみなんだ…。

現在外科医でもある遥さんの書庫は、ちょっとした理数系専門の図書館のようだった。

しかし今、悠里は確か『H・Kの本』とか言っていたが…それって、万葉集の歌人、柿《かきの》本人麻呂《もとのひとまろ》のことを言ってるんだろうな…。それ以外、思いつかない。そう言われると確かに俺は、古典には造詣《ぞうけい》が深くないが…。

悠里もよく俺のことを知っているな…。


「そうだったのか、不破…だめじゃないか…盆暮れ正月誕生日くらいは息抜きしないと…。そりゃ先生は、不破が英語好きで、洋画や洋書に興味があるのは嬉しいし、その他の勉強にも熱心なのは素晴らしいことだと思う。でもな、せっかく千人女性がいたら、その千人全員が間違いなく振り返る顔、スタイルを持っているんだから、たまにはそれを有効に使ったってバチはあたらないと思うぞ。そういうことなら、もう少し、花月や悠ちゃんに、遊んでもらった方がいいかもしれないな…」

なんでこんなことを先生に心配されてしまうんだ…。

すると隣の花月はすぐさま俺の方へ身を寄せると、即座に自分の手帳を広げ、「じゃ、来週あたり、六本木《ろっぽんぎ》でハデに遊びます？」と、早速俺を誘っている…。

気がつくと、クラス中、大爆笑だ…。

こんなところで初笑いのタネになってしまうなんて、俺のこれからの一年はどうなるんだろう…。なんだか不安だ。

「不破が、六本木に行くなら、俺も連れてってもらうわ、女のコたち、ざくざくナンパできそうっ」

「じゃ、俺も行く行くっ、渋谷《しぶや》じゃなくてあえて六本木っていうのがいいよな。なんか、お洒落《しゃれ》なお姉さまたちに囲まれそうっ。その話、一口乗せて！」

「じゃあ、僕も仲間に入れてくれへん？　六本木なんて、行ったことないし。東京の洗練されたお姉さんらと知り会えるなんて、不破くんと友達やなかったら、一生できへんことやわ。僕、ええ友達持って、幸せやな…」

今年初めての…英語の授業だったのに…クラス中、怖いくらいに話が脱線していく。

黒田先生だって、収拾がつけられなくなっているはずだ。

「不破、そういうことなら、先生もここはひとつ、その六本木のメンバーに加えてもらうことにするよ。で、いつにする…？」

先生…授業…する気…なかったんだな…。手帳を取り出している…。

秀麗って確か、今や東京じゃ一、二位を争う、超進学校だったはずなのに…。

内情はこんなものだ。ベツにいいけど…。

「それより不破、先生は今まで完全に間違っていたことに気がついた。放課後になると不破を捕まえて、中等部の小テストの〇つけを頼んだり、ワープロで長文読解の宿題を作らせたり、そうだ…つい先月は、パソコンのデータ管理をしてもらったり…。それに…英語の苦手な高三生のための補習授業に、不破に先生になってもらったことも一度や二度じゃなかった…。だって不破は先生より、ずっと教え方がうまいし、上級生のウケもいいし…。でもそんなことじゃ確かに、不破は永遠に息抜きなんてできないことに気がついた…。先生、不破にずっと申し訳無いことをしてたんだな…」

あっ…一年の時から、散々お世話になってきた黒田先生なのに、急に落ち込んでしまって…。これはいけないっ。この先生には語り尽くせないほどの恩義がある俺だった。

「いっ、いえっ、先生、俺は大丈夫ですっ。そういうのそんなにしんどいって思ってませんからっ、それに俺、英語好きですし、勤労奉仕くらいなんてことはありません。俺、結構、そういうので息抜きしてると思うんですっ」

見る見るうち、黒田先生の顔に明るさが戻っていった。

「よく言った、不破！　先生はその言葉が聞きたかったんだ。よしっ、今学期から、不破は秀麗文部省の英語大臣に昇格した。で、早速、任務が下りた。今日の放課後、手始めに、中等部一年の『冬休み英語日誌』一五〇人分をチェックしてやってほしいっ。頼んだぞっ」

先学期はパソコン大臣…そして、今学期は英語大臣…。

大臣って、いつから小間使いってことになったんだろう…。

でも…もういい…語れば語るほど、俺は墓穴《ぼけつ》を掘っているような気がする。

「ところが誠に遺憾《いかん》なのですが――。実は今日の放課後、この不破には、大きな仕事が待っておりまして」

突然花月が、黒田先生にびしっとクギをさす。

しかし、松の内が明けたところで、俺に大きな仕事って…何だ…。

花月が『仕事』というと、そこら中にいきなり張り詰めた空気が流れてしまう。

なんと言っても、彼は泣く子も黙る、秀麗の陰《かげ》の仕事人だ。

この――息を呑《の》むほどに上品な姿形で、見るからに線が細そうで、一匹の虫も殺せない雰《ふん》囲気《いき》で、日舞で女を踊る時は、とてもこの世のものとは思えないほど艶《あで》やかで、匂《にお》い立つほどの色香《いろか》につつまれ――。

しかし一旦、彼の目に留まったこの世の悪は、そのままで済まされたためしはない。

武術を極《きわ》めに極めている彼は、人知れず、悪を働く人間に天誅《てんちゅう》を下し、それをライフワークとしている人だ。そして俺もそのお手伝いに加わることはしょっちゅうだ。

花月の柔らかなもの言いと、慎《つつ》ましやかな外見に騙《だま》されると、大変なことになる。

『闇《やみ》の使い手』『必殺仕置き人』『目で殺す那智さま』——たくさんの呼び名を持つ俺の親友は、筋金入りの始末屋だった。

秀麗内でもその裏の力は評判で、上級生でさえ彼に頭を下げて挨拶をする。

かくいう俺も、これまで何度も何度も、花月には危ないところを助けてもらってきた一人である。

ゆえにすっかり頭が上がらない、今日この頃だ。

「でも…誠に遺憾って…花月…まさか今日の放課後、早速、不破を連れて六本木に遊びに行っちゃうってことか…？　先生は職員会議があるから、一緒には行けないぞ。またの日に変えてもらえないかな？」

黒田先生は肩を落としながら言う。

さっきの発言は本気だったのか…。

「いえ、先生、そうではなく——不破は今日の放課後、例の、学院最終決起大総会に出席いたしますので——本日が任命式となっております」

花月が落ち着き払った大人の口調で、静かに告げた。

するとなぜか、秀麗中学出身の生徒ばかりが、ざわめきだし、それはすぐに厳粛《げんしゅく》な雰囲気へと変わった。

俺は今、学年最高頭取という役目を背負っている。

簡単に言うと、高二の代表だ。そして花月は副頭取で、俺の片腕となってくれている。

しかし、裏に回れば、花月の方がよっぽど力があるので、彼こそが最高頭取になるべきだと、常々言い続けてきたが、その意見が通ったためしはない。

しかし今日、学院総会があるとか言っていたが…うっかりしていた…俺はそのことをすっかり忘れていた。

確かに学期始めなので、それはしようがないとは思うが…。

でも俺は今夜から仕事を再開するので、あまり長い時間がかかるとまずいな…。

そうだ…。高三になったらもう、とにかく委員関係の仕事からは足を洗わせてもらおう…。

しっかり働いてきちんと稼いでおかないと、大学の入学資金も作れないし、なんと言っても、四月からは受験生だ。勉強時間もさらに必要になるだろう。

高一、高二と学年最高頭取を引き受けてきたのだから、もうそろそろ別の生徒に任せてもいいと思う…。

そうか…今日の放課後は早速、学院総会か…。

黒田先生の勤労奉仕よりは、少しいいかもしれない…。

「そうなのか、不破、いよいよだな…。先生、なんだか感慨深いものがあるよ…。そういうことだったら、今日は不破に中等部の宿題チェックなんて、させちゃいけないな…。一年の時、担任させてもらった生徒が、とうとうこの日を迎えるなんて、先生、泣いちゃいそうだよ…。不破、頑張れよ」

何で泣くのかよくわからないが、先生はこの頃、感受性が強くなっている。

あっ…そんなことより授業終了のチャイムが鳴ってしまった。

とうとう授業にならなかったな。まあ、正月明けだからいいけど…。

あれ…？　でも…今、先生が「いよいよ」って言ったけど、それってどういう意味だ？

感慨深いものがあるって…この日を迎えたって…どういうことだ…？

なんか…またまた…嫌な予感…。

本日の日直が「起立、礼――」の号令をかけると、黒田先生は静かに教室を去ってゆく。

俺は即座に隣の仕事人に尋ねていた。

「なあ花月、今日の学院総会って、何か特別なことがあるのか？　俺、詳しいこととか、あまり聞いてないんだけど、上から連絡があったのか？」

すると花月はいきなり、例のあのハッとする、涼しげで、それでいて春の日差《ひざ》しのように柔らかで、観音様《かんのんさま》のような慈愛《じあい》に満ちたほほ笑みを俺に向けると。

「不破は何も心配することはないのですよ。ほら、タイが少し曲がってますね。直しておきましょう♥」

将来日本舞踊界を背負って立つ、雅な踊り手の細くて長い形のいい指が、俺の制服の乱れをそっと直してくれる。

「あ…ど…どうも…。でも、そういうことじゃなくて、花月…しつこいようだけど、今日の学院総会って、いつも学期始めに開かれる恒例の総会だよな…」

なんか花月の動向が怪《あや》しい気がする。

考え過ぎだろうか。

「不破のシャツは今日も真っ白。ぴしっとアイロンがあてであって、ノリもきいてて、こんなに爽《さわ》やかな東洋人は、きっとアジア中どこを探したっていないでしょうね。ああ…なっちゃん、今から四月が待ち遠しい…」

自分のことを突然『なっちゃん』と呼ぶほどに（たぶん）ハイ・テンションになっている相棒が、今うっとりと語る意味がわからない。

しかしその数秒後、俺はすべての真実を知ることになる。

クラスメートが、口々におめでとうを言いに、俺の席にやって来たのだ。

でも、おめでとうっていったい…何のことだ…？

「たぶんそうなるだろうとは思ったけど、不破くん、すごいなあ。そうか、今日、任命式があるなんて、知らなかったよ。今年は決定が早かったな。明日、さっそく昼の校内放送でニュースとして流さないとな」

現在放送部に所属の、成瀬《なるせ》鷹《たか》が言う。

任命式…？　ニュース…？

「たぶんね、高一、高二、そして高三と三年間連続で、頭取を務める生徒って、ここ数年出てなかったと思うよ。不破くん、とうとう学院最高頭取まで上りつめるなんて…これは大変なことだよ。僕、なんか改めて不破くんのすごさを実感したな…」

今度は逢坂健《おうさかけん》だ。彼は『悠里を守る会』の会長だ。とにかく悠里のファンである。しかしその悠里もこの頃、見た目と裏腹で、かなり気が強く、血の気が多いということは知らないみたいだ。

しかし、そんなことより、誰が高三で頭取を務めるって？

へんだぞ…花月に、成瀬に、逢坂…今、こうして俺に声をかけているのは、ほとんどが秀麗中学出身の人間だ。

どうやらここには、高校から秀麗に入ってきた俺にはわからないからくりがありそうだ。

「花月、任命式ってなんだ？　高三で頭取ってどういうことだ？　誰が頭取なんだ？」

気がつくと俺は、キツい目で相棒を問い詰めていた。

「涼ちゃん、いけませんよ…そんなに白目を青くしてしまって…。怒るとすぐそーなるんだから。そうやって私を睨《にら》んでも、これは諸先輩方が決めたことですから、従いましょうね？　不破の取《と》り柄《え》は、こんなに美少年なのに、素直で聞き分けがよくて、働きもの♥」

花月は俺の動揺などまったく無視して、相変わらず極上《ごくじょう》の笑みを俺に向けるだけだ。

「あのな、不破——、高三生全員が、不破を来期の学院最高頭取に選ぶことに決定したんだよ。名誉なことじゃないか」

はっきりと事実を告げてくれたのは、やはり同じく秀麗中学出身の皇《すめらぎ》佑紀《ゆき》だ。

高一の終わりまでイシマエルという芸名で、トップ・モデルの仕事をしていた彼だ。もちろん学院には秘密の大仕事だった。それは会社をリストラされ、体の具合の悪い父親を助けるための止むを得ない選択だった。

苦労している皇は、俺のもろもろの事情をすべて知っている親友の一人でもある。

「でも皇、なんでこの時期に、俺がそういうことになるんだ？　第一、俺、来年、受験生だし、ほら、放課後は…色々と忙しいし…」

皇は、俺が会員制の高級クラブで働いていることを知っている。

モデル時代、彼は偶然、業界の人たちと、俺の店に来てしまったのだ。あの時、二人とも開いた口が塞《ふさ》がらないほど、驚いたことを思い出す。

「でもね不破、これは秀麗の伝統なんだよ…。高校から入学した不破は知らなかったかもしれないけど、学院最高頭取だけは、高三生が三学期中に学年全員で相談した結果、決定するんだ。今日がその任命式ってわけ。式に出席するのは、高三の代表委員と次期学院最高頭取と副頭取、すなわち、不破と花月だけ。でもこんなに早く総会が開かれるのって珍しいんだ。去年は三月に入ってから決まったんだけど…確か、その任命式が開かれた日って、不破が俺のせいでモデルの仕事を引き受けるはめになって、それが学院にバレて、退学騒動で大揉《おおも》めに揉めてたあの日で…不破はそれどころじゃなかったし…気がつかなかったと思う…あ…あの時は…本当にごめんね…」

超人気モデルだった皇は、色々その時のことを思い出したのか、突然済まなそうな顔になってしまう。

「皇――あんなのはもう気にしなくていいよ。ほら、俺、この通り、退学にならずに済んだし、あの事件があったからこそ、皇ともこんなに仲良くなれたし…。そんなことより、俺、どうしてもその大役を引き受けなきゃいけないのか？　だってもう二年も頭取を務めてきたんだよ。最後の学年くらい、ちょっと楽にさせてほしいっていうか…第一、そんな責任の重い役、俺には向かないよ」

それに俺は色々と核爆弾《かくばくだん》級の問題を抱えてるし…。

夜の仕事のこと。そして独り暮らしのこともそうだった。

秀麗は生徒の独り暮らしを認めてはおらず、俺は今も神奈川にある伯父の家から通学していることになっている。伯父に口裏を合わせてもらってはいるが、独り暮らしが見つかれば、やはり即刻退学だ。

学院の最高頭取に選ばれても、規則を破っていることがバレれば、即退学となる。それではあまりにも下級生に示しがつかない。学院最高頭取は秀麗の顔なのだ。今までの学年頭取とは格が違う。

「不破…あなたはもっとご自身に胸を張っていいのですよ。第一、私がいるではないですか…。これまで二年間、完璧《かんぺき》なまでに学年をまとめあげ、陰になり日なたになり、皆の力になって下さり、下級生らの一番の目標となっているあなた以外に、誰が頭取を務めるのですか？　逃げてはいけません。あなたは何ら気後れすることはないのです。これからも、同級生、下級生たちに、勇気と希望を与え続けて下さい。お願いします」

花月が突然、真剣な表情でそんなことを言う。

そして突然——。

「あっ！　なっ、何やってるんだよっ、花月っ、俺に頭なんて下げないでくれよっ」

「いえ、私がこうして頭を下げてお願いしないと、きっとあなたは、この大役を引き受けて下さらないと思って…。私は、あなたをとても誇りに思ってるんです。あなた以外に、学院の顔になれる人はいないと思っています」

花月は頭を下げたまま、頼み続ける。

「これまで通り、あなたのサポートは私がいたしますから。どうか——どうか、お願いします。この通りです。これからも学院を引っ張っていって下さい。大変な役だということは重々わかっておりますが」

そんな花月の姿を見て、クラス中しーんと静まり返ってしまった。

「わ…わかったから、とにかく頭を上げて…。ご…ごめんな、花月…。こんな俺がどこまでできるか、わからないけど…最善を尽くすよ…。俺、逃げたりしないから…。ちゃんと学院を引っ張っていくから…」

それに確かに、花月がいれば、きっと学院をまとめていける。

でもこれは本当に大役だ…こんな俺に務まるのかどうか自信がないけど、あと一年だ…。頑張らなきゃいけない。せっかく三年生が決めてくれたことだ…逃げたりしたら、申し訳なかった。

と、決心したその瞬間のことだった…。

ぎゅうー。

ハッ…うっかり気を許《ゆる》したのが間違いだった…。

俺は例のごとく、今この瞬間まで神妙な顔をしていたハズの花月から、熱い抱擁《ほうよう》の挨拶を受けていた。相棒はもうすでに、怖いくらいの笑顔に戻っていた。

家元の息子は、一日一回、多い時で二〜三回、いきなりこうして俺をぎゅうぎゅう抱きしめてくる。

これはもう高一の時からの日課のようなものなので、慣《な》れていると言えば慣れているが、あまりの力に、俺はいつも身動き取れずに苦しむ。振りほどこうとか、逃げようとか、そういうことは一切無駄だ。

こういう時の花月の腕力は、俺ごときに太刀打《たちう》ちできるレベルのものじゃない。

「なっちゃん、そういう事情だったら、今日はひとつ僕も大人になって、なっちゃんのその過度な愛情表現にも目をつぶるよっ！　そんなことより、涼ちゃん、おめでとうっ。すごいよ、学院の顔になるなんてっ！　僕、もう一生、涼ちゃんについて行くことにするっ」

花月だけで充分苦しいのに、もう一人…悠里まで俺に飛びついてきた…。

拍手が沸き起こっている…。

窒息寸前になりながら、かすかに気が遠くなりながら…俺はクラスの祝福を受けていた。

来学年は、また…怒濤《どとう》の一年になりそうだった…。

銀色狼《ぎんいろおおかみ》　～A silver wolf～

「涼ちゃん、しっかりね。色々、厳しいことを言われるかもしれないけど、涼ちゃんなら、大丈夫だよ。僕、教室で待ってるから」

放課後、二年G組を出ていく際、悠里が心配そうに、俺と花月を見送ってくれた。

これから例の学院最終決起大総会の任命式とやらが行われる。

通常、委員は本校舎にある生徒会室に集まるのだが、今日の総会は、体育館裏手にあるレンガ造りの旧校舎で開かれる。

旧校舎に一般クラスは入ってない。一階は文科系クラブの部室や実験室、備品室になっている。二階は視聴覚室、そして古書専門の小図書館があるだけ。

そして最上階となる三階に、俺たちの目指す特別会議室がある。

通常、生徒はそれほど出入りしない校舎である。

いつもひっそり静まり返っていて、天気の悪い日などは、なんとなく薄気味悪い。

しかし、歴史のある建物らしく、市指定の有形文化財となっているので、建て直すこともできない。

「こういううすら寂《さび》しいカンジって、いいですよね。ふふ…今にも何か起こりそう♥」

人生怖いものナシの花月は、わくわくしながら、旧校舎の御影石《みかげいし》の階段を上がってゆく。その顔は努めて無表情だが、明らかに心は弾《はず》んでいる。この頃、だいたい花月の心の動きがわかるようになってしまった。

そして二人、そこの最上階――に到達した瞬間、目を見張ってしまう。

その三階のみ、重厚な木製の扉《とびら》が備え付けられており、そこを開けると、なんと――緋色《ひいろ》の絨毯《じゅうたん》が敷きつめられている廊下が登場した。

天井《てんじょう》にはアール・デコ調のシャンデリアまでぶら下がっている。

明らかに下の階とは違い、格式のあるフロアだ。

古いなりにも上等な装飾品がそこここに見受けられ、一見、大正ロマンを彷彿《ほうふつ》させる。

学院長室ですら、これほど趣《おもむき》深くは造られていない。

なるほど通常許可なく立ち入ることができないのもよくわかる。三階は何か特別な会合や催《もよお》しごとがある時のみ、生徒、あるいは来客のためにフロアを開放するのだ。

確かにここは表通りに面する本校舎とはうって変わって、静かで落ち着き、かつ厳《おごそ》かな気持ちにさせられるところだ。

そしてその最上階には会議室らしきものが三部屋ほどあった。一番奥の扉が左右大開きになっている。

話し声が微《かす》かに聞こえるので、たぶんそこが今日の総会が開かれる場所だ。

俺はその部屋へと向かいながら、ブレザーの前ボタンをひとつひとつ留めていった。

なんとなくそういう厳粛な雰囲気にさせられてしまう場所だった。


緊張ぎみに、その両開きになっている扉の部屋をそっと覗《のぞ》くと。

なんと、そこには——三年生の委員長が、もうすでに全員集まっていた！

大きなドーナツ形の楕円《だえん》テーブルに十四名——七クラス二名ずつの代表委員が背筋を正して座り、俺ら二人の登場を待ちかねていた。


「遅くなりました。お待たせして申し訳ありません。二年G組、不破涼です」

もちろん上級生はみんな俺のことを知っているが、挨拶はきちんとしなければならない。

秀麗は結構、上下関係に厳しいのだ。

「同じく、二年G組、花月那智です——」

二人で同時に深々と頭を下げた。

すると一人の委員が、俺らの方へ歩いてくる。

顔を上げると、目の前に現・学院最高頭取である、桐生真《きりゆうしん》先輩が立っていた。

その才知溢《あふ》れる瞳は間近で見ると、灰褐色に光っている。その薄く華奢《きやしや》なシルバー・フレームの眼鏡《めがね》は、彼をさらにシャープに冷静沈着に映し出す。

背がすらりと高く、手脚《てあし》が長く、無駄な贅肉《ぜいにく》がまったくなく、その研《と》ぎ澄《す》まされた体は、遠くからでもすぐわかる。とにかく目立つ人だ。

学院最高頭取の名に相応《ふさわ》しく、体全体から常に強い生命力のようなものが発光している感じである。

しかし学院の代表といえども、決して、四角四面《しかくしめん》の堅物《かたぶつ》ではなく、パッと見はかなりワイルドだ。特に髪形はトレードマークのひとつで、無造作にカットしてあるそれは、ところどころ脱色がしてあり、髪全体が風に吹かれて光ると、銀色狼のようなイメージとなる。

それがまたすごく格好がよく、下級生たちは先輩のことをシルバー・ウルフと呼んでいる。

孤高《ここう》の強さを持った人だ。

笑ったところは見たことがない。

非常に近寄り難い厳しさもある。

しかしこれまで桐生先輩の有能な指揮によって、学年が、そして学院がひとつにまとまってきたのは周知の事実である。

陸上祭、学院祭、後輩の入学式、先輩の卒業式、修学旅行、スキー合宿——いつも斬新《ざんしん》なアイディアを次々と出し、学院の催しに絶大なる力を貸してくれてきた。

生徒はもちろん、先生からの信望も厚く、まさに学院の鑑《かがみ》である。

「我々高三生全員は、不破と花月が来期の秀麗を指揮してくれることを、強く望んでいる。これは満場一致で決まったことだ。今日、君たち二人が揃《そろ》ってここへ足を運んだということは、引き受けてもらえると思っていいな？」

桐生学院最高頭取の、ひやりとする低い声音《こわね》は、俺らに有無《うむ》を言わさぬ強いものがあった。

「私、不破涼は、不束《ふつつか》ながら、諸先輩方の期待を裏切ることなく、来期の頭取を心して引き受けさせて頂きたく思う所存です」

すでにもう腹を決めている俺は、承諾の挨拶をした。

「そして、私、花月那智は、不破次期学院最高頭取の強力な右腕となり、ここ秀麗学院をさらに向上、発展させてゆくことに尽力《じんりょく》いたします」

相棒も神妙な顔で宣誓した。

「さすがだな、二人とも。ちゃんと覚悟ができているようだ」

桐生先輩は、改めて俺ら二人をじっと見据えた。

「それでは中に入りたまえ――学院最終決起大総会を始めよう」

三年生の書記長が、会議室の扉を重々しく閉じた。

俺と花月は静かに、楕円テーブルの末席に並んで座った。

とても長い時間が流れていった。

＊

「あっ！　涼ちゃんっ、すっかり憔悴《しょうすい》してるねっ。大丈夫《だいじょうぶ》っ⁉」

二Gのクラスに戻るや否《いな》や、悠里が飛んできた。

「お昼の残りの紅茶でよかったら、飲んでっ」

幼なじみは、可愛い赤いチェックの魔法瓶《まほうびん》から、ビニール・カップに湯気のあがるお茶を注いでくれる。

「あ…ありがと…悠里…。じゃあ、頂くな…」

温かくて、ほんのり甘い…ミルク・ティーだ…。なんだか、ホッとする。

花月にも、すぐ、同じものを手渡している。

非常に準備のいい同級生だ。

「涼ちゃん、なんか色々と、びしばし言われたんでしょっ？　学院最高頭取になるための、心構えとか、生活態度とか、後輩に対しての接し方とか、色々色々っ！」

　悠里は鋭かった。学院最終決起大総会は、来期の役員になる俺たちへの、厳しい制約の数々だった。

「あれ？　でもなっちゃんは相変わらず、元気だね。緊迫した雰囲気の中、上級生に囲まれてもなんてことはなかったの？」

　そう言えば花月は、顔色ひとつ変えてない。

「上級生といえども、私の場合、誰よりも心が大人ですので、常に平常心です」

　しかし心が大人の人が、どうしてそんなに毎日、俺にぎゅうぎゅう抱きつき、なつき放題、なついてしまうのだ…。

「そんなことより、悠里、ほら、見て頂けますか、不破のブレザー――」

　花月が指し示した俺の上着の襟《えり》には、先程、桐生先輩から直々《じきじき》につけてもらった、学院最高頭取の印であるいぶし銀の丸いピン・バッジがついている。

　バッジには、一本の麦《むぎ》の穂《ほ》が空に向かって真っすぐに伸びてゆくデザインがされており、その周りを囲むようにして、英語で小さくTruth（真実）、Love（愛）、Dream（夢）、Hope（希望）、Friendship（友情）、Courage（勇気）、Pride（誇り）の七語が刻まれている。

　非常に意味深い言葉の数々だ。

「うわあ、これ、カッコいいね…。涼ちゃん、代議士とか弁護士さんみたい。でも美少年の前には、どんなバッジも霞《かす》むよ」

悠里は褒《ほ》めているのか、それとも言いながらすでに、自分自身意味不明になっているのか、よくわからない。

「しかしそれにしても、いい色にいぶされてるよね。ひょっとしてこれ、わざとこういう仕上げになってるのかな。そういう銀製品ってあるよね。結構、値段、高かったりするんだよ。困った時には売っちゃってもいいよね。うまいことといくと、将来的にはローマ行きの資金になるかもしれないよ」

悠里は俺に近寄って、その真ん丸の目で、じいっとバッジを見つめている。

しかし…それは、あまりにも無謀《むぼう》な目論《もくろ》みだ…。

「悠里、これは秀麗開校以来、代々、学院最高頭取から次の頭取へと、譲《ゆず》り渡されてきたものなんだよ。だから、残念だけど、売ることはできないよ…。俺も来年、次の頭取へと、渡さないといけないから」

たぶん俺が常にお金で苦労しているのが、悪いのだろうな…。悠里にまで余計な心配をさせている。

本当は何の苦労もない、いいところのお坊ちゃんなのに、この頃、悠里の金銭感覚は俺以上に手厳しいものになっている…。

「なーんだ…このバッジ、涼ちゃんのものにならないの？　学院最高頭取って激務なんだよ。神経擦り減らすし、肉体的疲労も増すし、すごく名誉な仕事だけど、先生と生徒の板挟みになるし、式典にはなんだかんだと引っ張り出されて大変だし、桐生先輩のこの一年の働きを見ててもわかるよね？　学院もバッジくらいくれたっていいのにっ。ねえ、頭取手当とかかないのっ？　慰労金《いろうきん》とか考えてくれたっていいよねっ？」

いや、でも…悠里…俺のことを心配してくれるのは嬉しいけど、頭取って商売じゃないし、俺は…一応、学生だし…秀麗には、これまでずっと奨学金という形で、無料で授業を受けさせてもらってきたわけだし、入学金だって免除してもらってるし、結局、先輩に譲ってしまったけど、高一の時には、アメリカ短期留学の機会まで与えてもらったわけだし、勤労奉仕はさせられるけど、黒田先生には必ず学食で何かごちそうになってるし…。関係ないけど、去年は書店主催のロンドン旅行に行った。昨日《きのう》は昨日でスーパーでパスタ・セットを当てたところだ。用水路で拾ってドロドロに汚れていた子猫も、今じゃペット・ショップに売れば、十万は下らない血統書つきだと言ってもらった…でも絶対売る気ないし…。

いや、そういうことを言ってるんじゃない。

俺が言いたいのは、これだけ学院にお世話になっているんだから、学院最高頭取くらい全力で引き受けてみせるってことだ。

だって、これは俺が学院にできる、せめてものお返しだ。

「ふう…不破…さすがですね…。今、私はあなたの心を少し勝手に読ませて頂いて、なんだか胸をズドンと撃《う》たれる思いがしました…。あなたほどの美少年だったら、通常、何の苦労もなく、煩悩《ぼんのう》のままに、この世を面白おかしく、かつ派手に賑々《にぎにぎ》しく過ごしてゆくのがその本来あるべき姿——それこそが正しい姿だと思うのですが、あなたはあえて茨《いばら》の道を選んでいる…。そして、すべてのものに感謝の気持ちを忘れない…。ああ…私、今、少し、泣いてもよろしいでしょうか？　あなたのその胸のうち、できることなら学院長にお聞かせしたかったですっ。あなたといると、私の精神は、瞬間、瞬間、浄化されてゆきますっ」

あっ…花月がまた勝手に人の心を推察し、一人で感動の世界に浸《ひた》っている…。

こういう時は静かにその感動に浸らせていた方が、何かと問題は大きくならない。

それは違う、とか、俺はそういう人間じゃない、とか、結局、その場しのぎにしかならない反論をするのは、花月の燃えたぎる精神の炎に油を注ぐようなものだ。

考えると二年弱になる…。

決して長い付き合いとは呼べないが、この花月との二年弱の付き合いの内容が、百年にも匹敵《ひってき》するほど濃い内容のものなので、そこらへんの対処方法は俺も熟知している。

そうだ、こういう時は少し別のことを考えていよう。今までの経験からいって、これが一番いい——。

例えばそうだな…俺も英語大臣になったことだし、少しその方面のことを考えてみよう。今、花月が言った『精神』っていうのは、英語ではmindだ。これは『知力』という意味での精神だ…。そしてspiritは、『霊《れい》』という意味での精神。soulは『魂《たましい》』という精神。まだある…willは『意志』という意味での精神。そうだ、intentionっていうのもあった。これは『意図』という意味での精神と考えていいな…。

えっと、そうだ…花月はまだ感動しているようなので、これらをイタリア語でも考えてみよう。

確か…mindはmente…spiritはspirito…soulはanimaだったと思う…。で、willは、たぶんvolontaであっていると思う…。最後のintentionは簡単だ、intenzione…でいいと思う…。結構英語と似《に》ているところがあるよな…。

いつか時間があったら、イタリア語もきちんと勉強してみるのもいいかもしれない。今になって、書店くじのことが少し残念に思えてくる…。いい番号だったのに…。

０３７組の６０２１９８…『オオ、みんなで、ローマに行くわ』だったっけ…。

「あっ、しまった、不破っ！　大丈夫ですかっ？　疲れましたよねっ、疲れたんですよねっ、そんなに遠い目をさせてしまって、この花月、大失敗でしたっ。本当にすみませんっ。松の内が明けて、学校が始まるや否や突然、学院最高頭取に昇格させられてしまって…困惑してますよねっ⁉ 私…実は昨日、すでにそのお達しを、三年の生徒会から受けていて、不破にも伝えるよう言われていたのですが、そのことを昨日、もし不破に話していたら、頭のいいあなたのこと、きっと辞退の方向で色々と策《さく》を練ってくるだろうと思い、当日ぎりぎりまで隠《かく》しておりましたっ、ごめんなさいっ、でも、でも、この花月、どうしてもあなたに、学院を仕切って頂きたくてっ。でも、しんどかったですよねっ、今日の総会は、不破にばかり色々、厳しいことを押しつけてましたからっ」

どさくさまぎれに、花月が俺の両手をぎゅうっと握る。

離してくれない。

「そういうわけじゃないけど…俺、大丈夫だから…今、ちょっとぼーっとしてただけだ」

「そうですね…不破にはぼーっとする時間も必要ですよね…そういうことなら、いつかどこかの懸賞でイタリア旅行を当てて、ヴェネチアあたりでゆったりとゴンドラに揺られ、のんびりするのもいいかもしれません。不破には今、間違いなくそういうことが必要です」

ハッ…花月はまた…俺の心を読んでいたみたいだ…。

俺がどうでもいいイタリア語のことなんか考えているからっ。

「そうだね、なっちゃん、それはすごくいい考えだよっ。じゃあ僕、そのヴェネチア行きの日までに、必ずゴンドラの上で『サンタ・ルチア』を熱唱できるよう、今から練習しておくよっ」

悠里…心臓が本当によくなったんだな…。

カンツォーネは肺活量がないと、歌いこなせないもんな…。

悠里が自分の体に自信がでてきた証拠だと思うと…感無量だ…。でも、俺たちが目指していたのは、確かローマだったたと思う…。でもヴェネチアもいいか…。水の都だ。

「悠里――、この花月、あなたのその『サンタ・ルチア』を聞かせて頂く日を、心から楽しみにしておりますよ…。それから、バッジのことですが、心配ありません。この不破がつけておりますこのバッジは確かに、来期の頭取へと譲り渡されるものですが、不破はその時、学院長から、学院最高頭取を一年務めたというしるしに、これと同じ真新しいものを、しかも裏に名前と年号を彫《ほ》って、ペンダントとして贈られるのです。先程、桐生先輩もそのペンダントを学院長から首にかけて頂いたところですよ。あれは、感動のシーンでした」

総会の最後に行われた任命式では、委員の他に、なんと学院長、副学院長、教頭、そして三年生すべての先生が出席していた。

これだけで、今回の式典が、どれだけ重い意味をなすのかよくわかる。あの会議室はまた、そういう厳粛な催し事に相応《ふさわ》しい場所だった。

「とにかく、不破、あなたほど気配りと思いやりのある、且《か》つ、怖いくらいに聡明で、コンピューター並に頭の回転が速い、そして同級生に愛され、下級生にウケのいい頭取はいないのですから、自信を持って下さい」

花月はそう言って励ましてくれるが――先程、学院長、先生方、上級生の前で、もろもろ宣誓《せんせい》させられたことは、ある意味辛かった。

学院最高頭取は、いかなる時でも、学院の規律を死守すること。頭取が規則を破るようでは、示しがつかない。

成績は常に、トップクラスであること。

どんな事態にあっても、冷静沈着でいられること。喜怒哀楽《きどあいらく》を表に出さない。

学内の不正を発見したら、すぐに対処すること。またその不正を行った生徒を見つけ、即刻罰《ばっ》することも任務のうちである。

危険分子は、早い段階でその芽《め》を摘《つ》んでおくこと。

下級生にはもちろんのこと、同級生にも、弱みは見せてはいけない。

このような心得が百も二百もあるのだ。俺は、その問いにひとつひとつ、肯定の答えを宣誓させられていった。

代々のトップの頭取が近づき難く、常に厳しい雰囲気に満ち満ちているのは、こういう制約があったからだということが今ようやくわかった。

確かに、下級生らになめられてはいけないと思うが、俺にはこの役が適任かどうかわからない。

だってまるで、刑事か風紀の先生みたいじゃないか。

「不破…あなたまた、自信をなくしてますね…。大丈夫ですよ。だって三年生はもうすぐ、卒業してゆくのですよ。卒業したら、こっちのモンです。先生らだってうるさいことは言いません。また、この私が言わせやしません。不破は自分の思った通りに、不破らしく頭取を務めなさい」

俺の心をすべて読んでしまった花月が、ぽんと背中を押してくれる。

そうだよな…。どうせ俺は俺の思う通りにしか、できないのだろうから。今まで通りに、頭取を務めていこう。


……学院最高頭取は、いかなる時でも、学院の規律を死守すること。

頭取が規則を破るようでは、示しがつかない……


これは一番堪《こた》えた宣誓だったけど。

俺は自分に恥じていることは何ひとつしていない。

ただ、全力で生きているだけだ。

「涼ちゃん、僕は生徒会の役員でもなんでもないけど、いつだって力になるからね。心配ないよ。僕だって秀麗が大好きなんだから、学院のために、全力を尽くすよ。涼ちゃんは一人じゃないんだよ。いつも言ってるけど、僕がいて、なっちゃんがいて、クラスのみんなも涼ちゃんのためには、力を惜しまないよ。涼ちゃんは僕らの誇りだからね」

気がつくと悠里は、大真面目な顔だった。

「ありがとう、悠里——。俺、すごく心強いよ」

いつからこの幼なじみはこんなにしっかりしてきたのだろう。

みんなの力を借りて、俺はいつもこうして元気にしてもらっている。

「来学年はひとつ派手に行きましょうね。秀麗開校以来の高校生パワーを炸裂《さくれつ》させ、これでもかというくらいに毎日を心から楽しむのです。そしていつか、あの学院長を参ったと言わせましょう」

花月が言うと、本当にそういうことができそうな気がしてくる。

「あっ、そんなことより、いけないっ、もうすぐ五時だよっ、涼ちゃん、今日から仕事始めだよねっ、初日から遅刻したら大変っ！」

悠里がすぐ、俺の鞄に荷物を詰め込んでくれる。

「では、ダッシュで帰宅しましょうっ」

花月が俺のコートをロッカーから出してきた。

三人で息せききって、秀麗の校門を出た。
日はとっぷりと暮れていた。
吐息は真っ白で。一月の風は、突き刺すように冷たくて。
でも、心はとても温かだった。
友達がいて、学校があって、毎日笑顔が絶えない。
生きているのが、こんなに楽しい――。

高三の息子 〜Son in the 12th grade〜

「遅くなって、すみませんっ！」

放課後——学院から慌ててアパートに戻り、私服に着替えると、自転車で駅へと爆走し、JRに飛び乗り、地下鉄に乗り換え、俺はようやく、都心の繁華街の会員制高級クラブへと到着していた。

現在、五時四十五分——。

開店まで、あと十五分足らず。

「明けましておめでとうございます。本年もどうぞよろしくお願いします」

息も切れ切れに、俺は店のママに新年の挨拶をしていた。

「あらまあ、アキラ、走ってきたのね…汗かいて…」

ママはお正月らしく、肩から袖《そで》にかけて梅の花を散らした美しいつけ下げを着ていた。

そして帯の間からすっと出したレースのハンカチで、俺の額《ひたい》の汗を拭《ぬぐ》ってくれる。

アキラというのは、俺の店での名前だった。

本名で働くわけにもいかないので、ママがつけてくれた名前だ。

「開店までまだ充分時間はあるから、慌てなくて大丈夫よ。アキラは几帳面《きちょうめん》だから、いつも早めに来て、お店のこと細々《こまごま》と手伝ってくれるものね…。今年もよろしくね。アキラがいるから、私、とても助かっているのよ…」

助けてもらっているのは、俺の方だ。

当時まだ十五になるかならないかの年齢で、中学卒業と同時に、伯父の家を出て独り暮らしをせねばならない日が刻々と近づいていて…。

秀麗に合格したまではよかったが、仕事はまったく見つからず、この先どうやって生活していいのかまったくわからなかった時、あれこれ訊かずに俺を雇《やと》ってくれたのが、このママだった。

霙《みぞれ》まじりの寒い夜——。

秀麗の合格発表の帰りに、地下鉄の網棚《あみだな》に残されていたスポーツ新聞の求人広告を見つけるとすぐ、俺はこの店へ飛び込んでいた。

自分は十八歳だと嘘をついて…ママはその嘘を信じた振りをしてくれて…。

あれからもう丸二年になろうとしている。

今はもうママも、俺の境遇、年齢、すべてのことを知っている。

知ってる上で、俺のことを雇ってくれる。こんなによくしてくれるママには、嘘をつきたくないので、今は何でも話している。

十八歳未満の俺が、水商売で働くことは、確かに労働基準法に触れることかもしれない。

でも俺は、早くに親と別れているので、店に来る大人のお客さんたちの話を聞くことは嫌いではなかった。

もちろん全員が全員、いいお客さんとは言えないかもしれない。

時には酔ってからんでくる人もいる。

でも俺はここで――この店で、数え切れないほどの人たちの優しさに触れ、親切に出会い、二年という月日を無事過ごしてきたのである。

「早いものね…涼も四月から高校三年生ね…。最初にこの店に飛び込んできた時は、まだ中学生だったのにね…」

ママは感慨深げにそう言った。

ママが俺のことを店の名前『アキラ』ではなく、本名の『涼』で呼ぶ時は、いつも母親みたいな顔になっている。

「あの、ママ…、俺…高校を卒業して、大学に行っても、ここで働かせて下さい。頑張りますから」

これは本心だった。

俺はこの店もこの店に来て下さるお客さまも、ここのママもみんな好きなのだ。

「嬉しいこと言ってくれるのね、涼は…。実はこの頃、この界隈《かいわい》でも引き抜き合戦がすごいから、涼みたいないいコは、どこかの店に持っていかれちゃうんじゃないかと、いつもハラハラしてるのよ」

ママは袂《たもと》から煙草《たばこ》を取り出すと、目でライターを探していた。

俺はママより先に、カウンターのマッチに手を伸ばし、火を灯す。

「ね、こんなに気のつくコ、どこの店だって、ほしいと思わない？」

ママは冗談まじりに、煙草を一服した。

「さ、制服に着替えてらっしゃい。今夜もよろしくね――。その笑顔、忘れないでね。私、涼の笑顔、とても好きなのよ」

ママは俺の背中に優しく手を当てると、俺を従業員控室へと向かわせた。

初仕事の夜が始まる――。

今日からまた頑張って働こう。

「ほお、涼…これはデンマークのものだね…銀製品を取り扱うとても有名な店だよ。確か、デンマーク王室御用達だと思ったが…」

＊

最初のお客さまは、銀座で画廊を経営する田崎《たさき》社長だった。

六時の開店と同時に、やって来てくれた。

この人も店のママと同様、俺のことを本名で呼んでくれる人である。

「涼、銀と言えば、日本ではティファニーが有名だが、この老舗《しにせ》の銀製品は、ティファニーに負けず劣らず、素晴らしいものなんだよ。ここの銀は粒子の密度が濃く、結合も強い。粘りがあって、たわみや曲げに強く、長い間の使用に耐えるものなんだ。だからきっと、初代の秀麗の学院長がここの製品を選んだのだろうね…。ここの製品は百年後も輝きを失わない『未来のアンティーク』として有名なんだ。なかなか趣味がいい——」

俺はその田崎さんに、今日学校で引き継いだ、学院最高頭取のピン・バッジを見せていた。

画廊を経営するだけあって、美術品、工芸品にかなり詳しい。

「じゃあ、これってすごい価値のあるものなんですね…。俺、失《な》くさないようにしないと」

ローマ行きの資金の一部になるかも、といった悠里の意見はあながち外れてなかった。

「涼はしっかりしてるから、失くしやしないよ。もし失くしてしまっても心配ないからね。

私がこっそり特注で作ってもらうから…。実はこの会社の東京支店長とは、ちょっとした知り合いなんだ…」

田崎さんは、片目をつぶってにっこり笑う。

「いっ、いえっ、大丈夫ですっ、俺、絶対失くしたりしませんからっ。なんだったら、ピン・バッジになってるところを、接着剤かなんかでガッチリ固めておきますっ」

笑わすために言ったのではないのに、田崎さんは俺の真面目な意見に笑い転げてしまう。

このように俺はいつだって、この田崎さんには、学校のこと生活のこと境遇のこと——何もかもを話していた。

田崎さんは俺にとって、お父さんのような人なのだ。

でも気の毒なことに、田崎さんは、遠い昔に奥さんを亡くし、その忘れ形見であった、たった一人の息子さんをも交通事故で亡くし、以来ずっと一人暮らしだった。

画廊の仕事に打ち込むことにより、家族を失った心の空洞を埋めてきたという。

とてもそうは見えないけれど、もう還暦《かんれき》を過ぎている。

そんな時、この店で俺とひょっこり出逢ったという。

それが二年前——。

なんと俺はその息子さんに生き写しで…写真を見せてもらったが、自分でも驚くくらいそっくりで、ひょっとしてこれは俺じゃないかと思うほどだった。

それからずっと、田崎さんには親切にしてもらっている。いや、親切なんてものじゃない。まるで本当の息子のように、常に心配し、気にかけ、可愛がってもらっている。

一度、本気で養子にならないかとまで言って下さったこともあった。

でも俺は、田崎さんの息子さんにそっくりだけど、その息子さん本人じゃない。

そんなことになったら、亡くなった本当の息子さんが、自分はもう忘れられてしまったのではないかと、哀《かな》しむかもしれない。

うちの母親だって、俺が勝手に不破の名前を捨てて、よその家のコになったら、寂しがるかもしれない。

そう思うと、その過分な申し出はとても受けることはできなかった。

それでもずっと田崎さんは、変わらず俺のことを息子のように接してきてくれた。

頼れる大人が身近にいない俺にとって、田崎さんの存在はとても心強かった。

俺は父親の存在をまったく知らないで育ったけど、田崎さんといると、きっと父親ってこういう人なんだろうっていつも思っていた。

だから田崎さんのことは、お父さんと呼んでいる。

今はもう本当にそんな気がしてしょうがないほどだ。

　この大晦日《おおみそか》、元旦も田崎のお父さんの家で過ごした。悠里と花月も途中、合流して、本当に楽しい新年を迎えた。

「でも涼は本当にえらいんだね…学院最高頭取っていうのは、いわゆる生徒会長ってことだろう？」

　お父さんは、大切そうに、頭取のバッジを俺に戻してくれた。

「でも俺なんかより、本当は花月の方が、ずっと適任だと思うんです。俺、花月の力がなければ、学院なんて、とてもきちんとまとめられませんから」

　しかしお父さんは、俺の心配なんてどこ吹く風、ただもうにこにこしている。

「でも、嬉しいね。涼がこうして学校のことを色々と話してくれる時が私は一番嬉しい…。このコは私の息子だなあって、実感できるからね」

　年越し、年明け——お父さんはやはり今日みたいにずっとにこにこしていた。

　あまりに幸せそうなので、俺はそのままずっと、お父さんの家にいたいと思ったほどだった。

　俺もすごく幸せで安心だったのだ。

　たぶん田崎のお父さんといる時の俺が、一番素直だと思う。

「でも涼、頑張り過ぎて、体を壊したりしてはだめだよ。困ったことがあったら、すぐ、お父さんに言うんだよ。ここの仕事のこともそうだよ…。涼の学校はアルバイトを禁じているから、とにかく見つからないように気をつけないとね…。本当だったら、涼は私のところで、何の心配もなく一緒に暮らしてくれれば一番いいのだけれど…。でも、それは涼の気持ちが許《ゆる》さないんだよね…。涼はしっかりしているから、人に頼ることをとても心労に思ってしまう…」

お父さんが突然、寂しそうに言った。

「お父さん、俺、お父さんのことは大好きです。お正月も一緒に過ごせて、すごく楽しかったし、そのままずっとお父さんのところにいたいと思ったほどです。でも、俺…もう少し、もう少しだけ…頑張ってみます…。頑張って、頑張って、どうにもならなくなった時…助けて下さい…。今は…自分でできるところまで、やってみようと思います…。いつもいつも、心配ばかりかけてごめんなさい…」

お父さんは俺の答えがわかっていたように、静かに頷《うなず》いてくれた。

「でもまた、遊びに行かせて下さい…。俺、夕飯とか、作りますから」

外食の多いお父さんは、俺の作る和食が好きだった。

「じゃあ、涼、今週の日曜日、早速遊びに来てくれるかい？　お昼に涼の作った、天ぷらソバが食べたいし…。夕飯は、煮物と焼き魚と五目ご飯とか…」

俺はつい笑顔になってしまう。

「あとヒジキとキンピラゴボウとホウレン草のお浸《ひた》しとか…？　ですよね…？」

お父さんの好物はもうわかっていた。

通いのお手伝いさんがいるのに、お父さんは俺の料理が楽しみなのだ。

「じゃあ涼、日曜日は泊まって、月曜日、うちから学校に行くんだね？」

お父さんは突然、満面の笑みになった。

「ええ。俺、お父さんちの子ですから」

お父さんは笑いながら、一瞬、瞳に涙を溜《た》めた。

「そうだね…戸籍なんて関係なく…涼は私の子だからね…。じゃあ、日曜日は一緒に、参考書でも買いに行こうか。ちょっとまだ気が早いけど、涼ももうすぐ、高校三年生だから…今から色々と揃《そろ》えておかないとね…」

近所のお子さんを助けようとして、高校二年で天に召《め》された、本当の息子さん。

お父さんはそのせいか、俺が高校三年になることを、ずっと前から、ことのほか楽しみにしていたような気がする。

結局、見守ることのできなかった息子さんの成長を、俺に託しているのだと思う。

だから俺は、その息子さんの分も、高三という時期を、大切に過ごさないといけない気がする。

俺が幸せでないと、お父さんは悲しいのだ。

「じゃあ、お父さん、俺が高三になったら、一学期の始業式、見にきて下さい。その日に中一と高一の入学式も同時に行われて、父兄も大勢集まるんです。俺、その時、学院最高頭取として初めての挨拶をするんです。お父さんに見てもらいたいです」

こんなことを思うのは、初めてだった。

小学校の卒業式で答辞を読んでも、中学の入学式で学年代表の挨拶をしても、見てほしい人はすでにこの世にはいなかった。

「涼、私が行ってもいいのかいっ⁉」

お父さんは驚きと共に目を輝かせていた。

「俺、学校でもちゃんとしっかりやっているところを、お父さんに見てもらいたくて…」

俺は今までもずっと、きっと、自分の親に、そういう自分を見てもらいたかったことに気がついてしまう。

家族の誰一人出席しない入学式も卒業式も、大嫌いだった昔を思い出す。

「そうかいそうかい…これは大変だ…お父さん、スーツを一着新調しなくてはならないね」

お父さんの表情が明らかに生き生きしてきた。

「いえ、あの、でも、そんな大層なことじゃないんです。お父さんはいつだって、モダンで素敵《すてき》ですから、いつものスーツで充分すぎるほどです。去年の学院祭に来てくれた時も、みんな格好いいお父さんだねって、言ってましたっ」

「いや、だめだ。涼の晴れ舞台なんだ。そうはいかない。今日、その話を聞いておいてよかったよ…。お父さん、明日にでも英国屋《えいこくや》さんに行って、特注で作ってもらうことにするよ。特別注文はとにかく日数がかかるからね…。でも四月までには充分間に合うと思うよ」

英国屋って確か…スーツ一着が…平気で五十万とか百万とかしちゃう老舗中の老舗だ…。

「あの…でも、お父さん…たかが、高校生の始業式、入学式ですから…、英国屋っていうのは、ちょっと…違うと…思うんです…。学院長だって…たぶん、そんないい背広は着ていません…」

あっ…もうだめだ。お父さんは明日のスケジュールを、手帳にメモっている。

「そういうことであれば、お父さんは、あとビデオも買わないとだめだな…。でも、お父さんは機械類に弱いし、どうせブレてうまく撮れないから、知り合いのプロの人に来てもらうことにしよう…。式典が終わった後、涼と一緒の記念写真も撮ってもらいたいし…。ビデオとカメラの両方、上手《うま》く写せる人がいいだろうな…。そうだ、銀座の写真館のご主人に頼もう。あの人の腕なら確かだ」

なんか…すごく大事《おおごと》になってきたカンジがする…。

「あの…でもお父さん…プロのカメラマンの方を雇うというのは、講堂の中でちょっと目立つかも…」

カメラのフラッシュも、普通の明るさじゃないだろうし…ビデオだって、ハンディなタイプじゃなく、ヘタすると映画で使うカメラみたいのを背負ってくるかもしれないし…。

「じゃあ、目立たないように、写真館のご主人には、覆面《ふくめん》でもしてもらおうか。それだったらどうだろう、涼？」

この時、初めてわかった。

お父さんは、嬉しい時、冗談を言うのだ。

「私は、涼が壇上に上がったら、きっと周りの父兄に自慢たっぷりに言ってしまうだろうね。『あのコは私の息子なんです。成績もずっとトップでね』って…」

俺はもうこの瞬間、噴き出していた。

なんだかその光景が目に浮かんでしまって…。

そして、一瞬泣きそうになってしまった。

本物の父親だって、きっとここまで嬉しそうに話しはしないと思って。

お父さんには、これからもずっとずっと変わりなく元気でいてほしい。

そしてたくさん親孝行をさせてもらいたい。

お正月、誕生日、父の日、夏休み、クリスマス…たくさんの時間を一緒に過ごしたい。

母を失い、ずっと寂しくてやり切れなかった気持ちが、田崎のお父さんとの出逢いで、癒《いや》されてきたことがよくわかる。

人と人との巡り逢いは本当に不思議だった。

どんなに医療が進歩しても、人の痛みは、きっと人でしか治せないのだろう。

危険な二人 ～The two riskies～

田崎のお父さんは、小一時間ほど話をすると安心したのか、元気で帰っていった。

月・水・金の晩に俺が働くこの店は、お父さんの寄り道コースである。


そして数時間が経《た》つ――。

新年会と金曜日が重なって、今日は大忙しだ。

俺は色々な方のテーブルにつき、飲み物を用意したり、料理を運んだり、ホステスさんのヘルプに入ったりと――ばたばた働いていた。

「あら、いけないいっ、煙草切らしてたわっ。アキラ、お願い、買ってきてくれる？　朋坂《ともさか》専務が、今夜確か、若い方を連れて、いらして下さるっておっしゃってたの」

カウンターの向こうから、ママが手を合わせて頼んでいた。

俺はとにかく、店では何の仕事でも引き受ける。

手が空けば、厨房《ちゅうぼう》に入り皿洗いもするし、たまに料理を手伝ったりする。食材の買い出しにも行く。

洗面所の清掃、ごみ出しは当たり前。無線タクシーへの連絡、会計、伝票整理、酒屋さんへの注文、などなど…。

「えっと、朋坂専務は、いつもの、あのアメリカのメンソールですよね、スリムでロング・サイズの」

自販機ではまず売ってない、珍しいタイプだ。

しかし、もう午後十時を過ぎている。

いくら繁華街とはいえ、煙草屋さんが開いている時間ではない。といって、コンビニで売っている種類でもない。

「じゃあ俺、『ノーチェ』で分けてもらってきますね」

ノーチェとは、ママの店と同様、格式のある会員制クラブである。ママ同士が長い付き合いなので、困った時にはよくこうやって助けあっている。

「悪いわね、アキラ…あちらのママには、電話をしておくからね」

朋坂専務は大手商社の次期社長候補だ。二十年来のお得意さまだという。

今夜必要になるかどうかはさておき、専務の好きな種類の煙草を用意しておくのは、会員制ならではの基本的な心配りだった。

そして俺はコートを羽織り、店を飛び出していった。

ノーチェは、店から少し離れたところにある。

小走りで行っても十分くらいかかる。

とにかくその間に、朋坂専務がいらしたら大変だ。急がないといけない。

俺は新年会で賑わうネオンの街《まち》を、ダッシュしていた。

しかし見慣れた街ではあるが…このところの不況のせいか、あちこちの店が様変わりしているのに気づく。

昔ながらのバーが、いつのまにか回転寿司屋になっていたり、カラオケ・スナックが大衆居酒屋に変わっていたり…。

ひとつの街でずっと同じ商売を続けていくのが大変な時代になってきたのかもしれない。

そうだ…今、気がついた…二年前は、金曜日ともなれば、この高級飲み屋街の通りに、社用族の黒塗りハイヤーが、ずらっと縦列駐車をしていたものだが、今はもうほとんどそんな姿を見ることはない。

時代の移り変わりが、このところ顕著になっている。

*

「あらあ〜、アキラ、嬉しいわあ〜、ママに会いに来てくれたのね〜♡」

ノーチェのママはしたたか酔って、いつも陽気だった。

店に入るや否や、俺の腕を摑《つか》んで離さない。

「いつもすみません、お忙しい中…あ、それと新年明けましておめでとうございます」

「まあっ、もう礼儀正しいのねぇ、このコは。おめでとう♡ ホント、アキラはいつ見ても、惚《ほ》れ惚《ぼ》れする男前ねぇ…。私、もうかれこれ三十年近くこの商売を続けてるけど、アキラほど顔形の整った男のコは見たことないわあ…。目の保養よねえ。私、こんなコが息子にほしかったわあ〜。ふふ」

ノーチェのママは、うちの店のママとほぼ同じ年だった。

五十をちょっと過ぎたところだろうか。

しかし、お洒落でいつも綺麗にしているので、とてもそうは見えない。

今日はうちのママと同様、初春らしい着物を着ている。

「あ、そうそう、はい、これ、お年玉——。ちょっとしか入ってないけど、まだ寒いから、何か温かいものでも食べてね。今年もよろしくね」

ママは懐《ふところ》からぽち袋を出し、パッと俺のコートのポケットにすべり込ませた。

「あっ、いけませんっ、だめですっ、俺、店のママに怒られてしまいますっ」

俺はすぐに、その小袋をママに返していた。

「いいのよ、アキラ、この間、暮れにうちの店の大掃除を手伝ってくれたじゃない。窓もぴかぴかに磨いてくれて…。このくらいさせてよね…本当に助かったの」

ママはまた、そのお年玉袋を俺のコートのポケットにすべり込ませてしまう。

「窓磨きくらい…何てことはありません…うちの店…いつも、ノーチェにはすごくお世話になってるし…あんなことでしたらいつだってします」

煙草を分けてもらって、その上、お年玉っていうのはまずいと思う。

「いいのよ、アキラ…こういうのは気持ちだから、受け取っておけばいいの。それにアキラはまだどう見たってお年玉のいる年でしょう？」

ママは鋭《するど》い…それともうちの店のママに聞いて、俺の実年齢を知っているのだろうか。

冷や汗が流れる…

もちろんここのママも、そんなことを口外するような人ではないが。

「じゃ、煙草、持っていってちょうだいね…三箱もあれば足りるかしら…？」

ママはカウンターに入り、ガラス戸棚からアメリカ製のメンソール煙草を取り出した。

「いつもすみません、本当に助かります」

俺は煙草を三つ分けてもらうと、深々と頭を下げた。

「本当にアキラはいいわぁ。うちの店でも欲しいくらいよ。何か品格があるわね。水商売では、結構そういうことが大切なのよ。そうだわ、あなた、この界隈《かいわい》歩いてたら引き抜かれない？　この頃、名刺を持った怪《あや》しいスーツの男性方が、あちこちに出没してるでしょう？」

名刺を持った…怪しいスーツの男性…？

前に渋谷《しぶや》の『公園通り』を、花月と悠里の三人で歩いていたら、いかにも警戒しなくちゃいけないカンジの男性から、やれモデル・クラブだ、芸能プロダクションだとか言われ、わけのわからない名刺を次々と山のように手渡されたが、あれは恐らく新手《あらて》のキャッチ・セールスだ。きっと芸能人にしてあげるから、入学金三十万でレッスンを受けてみないか、とか言い出すに違いない。そして気がつくとレッスン代と称して、月々三万、五万と払わされてゆくのだ。

悠里と花月は、あれらは本物の有名なプロダクションだと言っていたが、俺は偽造名刺だと思っている。いや、本物であっても、絶対嫌だ。そういうことに興味はない。

俺の願いはいつだって、地味でも堅実で穏やかな生活だ。

ゆえに以来、渋谷の公園通りには、足を踏み入れてない。

しかし、そういった類《たぐい》の人が、とうとうこの街にも現れ始めているのだろうか…。

「実はね、新宿《しんじゅく》で一番人気だったホスト・クラブが、この街に進出したのよ。ここは飲み屋さん関係の店は多いけど、ホスト・クラブはたぶん初めてじゃないかしら…。アキラなんてすぐ目をつけられてしまいそうね…。でもだめよ、引き抜かれちゃ。ものすごい支度金を提示してくるかもしれないけど、絶対だめだからね。アキラにはそういうのは似合わないから」

ノーチェのママは、俺にきつくそう言うが、心配しなくても俺には、そういう商売は向いてないと思う。

話術は最低だし、どう考えても女性を楽しませることができるような人間じゃないし、第一愛想のないこの顔が、その業界に通用するとは思えない。

「大丈夫です。俺、今の職場、気に入ってますから」

俺はつい笑ってしまいながら、暇乞《いとまご》いをし始める。

「アキラ、また来てね。忙しいところを引き留めちゃって、ごめんなさい。それと風邪ひかないように気をつけるのよ。あと、そちらのママによろしくね」

ノーチェのママが、両手を振りながら、笑顔で俺を送り出してくれた。

俺は、お年玉のお礼を言い、再び会釈をし、それから店の前にある小さなエレベーターに乗り込んだ。

この街で働く年配の女性はみんな、いくつもの人生の修羅場《しゅらば》をくぐり抜け、苦労を重ねてきたせいか、とても気持ちの濃《こま》やかな人が多かった。

彼女らの笑顔は、いつも俺に母親を思い起こさせる。

寂しい気持ちになるのではなく、何か懐《なつ》かしく、ゆったりとした気持ちだ。


俺はまた元気をもらい、小走りにネオン街を走っていった。


と、そんな時だった――。

飲み屋さん通りの脇道に、見覚えのある姿が人待ち顔で立っているのを見つけた。

いつもは眼鏡をかけているのに、今日はコンタクトなのか、すぐにその人だとは、気づかなかった。

でも、あの目立つ風貌《ふうぼう》だ。眼鏡のあるなしで見間違えるわけがない。

まずい――と思った時はもう遅かった。

相手も、ほぼ同時に俺に気づいてしまっていたから。


俺は大バカだ。

たった三箱とはいえ、ノーチェから分けてもらった煙草を片手に握りしめていた。

店の買い物袋を持ってお使いに出ればよかった。未成年のくせに無防備過ぎた。

手遅れだと思ったが、俺はその三箱を闇雲《やみくも》にコートのポケットに突っ込んだ。

不格好にポケットが膨《ふく》らんでしまう。

「不破じゃないか――。いったいこんなに夜遅く、何をしてるんだ？　まさか塾の帰りとは言わせないぞ」

銀色狼――。

秀麗、今期の学院最高頭取の桐生先輩が、厳しい目で俺を睨《にら》んでいた。俺は身の竦《すく》む思いがした。

眼鏡をかけない頭取は、さらにシャープに鋭く映る。

メッシュを入れた無造作な髪が、ネオンの下でシルバーに冷たく光っている。

いつもの制服姿からはとても想像できない、大人のいで立ちだ。

光沢《こうたく》のある洒落たグレイのスーツに、シルクの開襟シャツ。ぴしっと格好よく着こなしている。たぶん二十過ぎと言っても、誰も疑わないだろう。

「すみませんっ…実は俺…祖父と…食事をして…今…別れたところなんです…」

つい謝《あやま》ってしまったが、とにかく俺はまず自分の動揺を隠すのに必死だった。とにかく俺は何も悪いことはしていない。慌てることはない。

それに田崎さんは俺のお父さんだけど、年齢的に言ったら、祖父でもおかしくない。お父さんは今夜もうちの店であれこれと料理を頼み、食事をしてくれた。

だけど、お父さんは俺に食べさせるのがほとんどの目的で、俺も一緒に食事をしていたと言っても、過言じゃない。俺は嘘は言ってない。

「しかし、君の家は確か…神奈川だろ…これから帰って、いったい間に合うのか…？　外泊はだめだぞ——こんな繁華街で」

頭取は一コ下の俺のことをよく知っていた。

「え…ええ…急げばなんとか最終電車に間に合います…」

どうか…どうか…煙草の話にはならないように…。だってこれは説明のしようがない。パチンコの景品でもらったというのは、輪をかけてマズイ言い訳になるし、祖父が今日から禁煙をするので、この三箱を処分してくれと頼まれたというのは、どうだろう…。

だめだ…そんな言い訳、信じてもらえるわけがない…。

こんな時、花月だったら顔色ひとつ変えず、相手を納得させてしまうのに…。

ああ…そんなことより早く店に戻らないと…。

朋坂専務がお見えになっているかもしれない。もう十時半を過ぎている。

焦《あせ》りと困惑で、俺はパニックだった。

「不破——今日は頑張ったな。任命式、立派だった。お前なら、学院を引っ張っていけると

思う。これからの秀麗のこと、頼んだぞ」

驚いてしまった——。

学校ではとてもこんなことは言ってもらえないと思うが、今、先輩は確かに俺を励ましてくれた。

「努力します——先輩もこれから受験…大変だと思いますけど、どうぞ頑張って下さい」

しかし秀麗でほとんどトップ・クラスにいた先輩だから、どんな大学も思いのままだと思う。

「僕は受験はしない——」

あ、そ…そっか…先輩ほどの人だったら、もうとっくに決まっててもおかしくないよな…。引く手数多《あまた》だ。

「推薦でしたか」

桐生頭取は、無表情に「いや」と首を振った。

「いつか、マサチューセッツ工科大学に行こうと思ってる。だからそれまで、まず英語を勉強しないといけない」

なるほど——つくづく格好のいい人だ。

目指すところが全然違う。

そう言えば、先輩は理数系の鬼とか言われてた。

「とてもいいですね…。それって、俺たち後輩にすごい刺激になります」

「不破だって、目指せばどこへでも行けるだろ？　秀麗始まって以来の秀才だって、みんな言ってるぞ」

「そんなことはないです…俺なんて…気を抜くと、すぐに成績下がりますから」

それに俺の場合、金銭的なことが一番の問題なんだ…。

アメリカに行く以前に、大学に行けるかどうかだ。

しかし、MIT…あの天下のマサチューセッツ工科大学とは…。

世界ナンバーワンと言ってもいいほどの理数工学系大学だ。

「悪い、不破──すっかり引き留めたな。電車の時間、大丈夫か？」

「はい、走って行きますから」

言いながら、やはり嘘をついている自分が少し、悲しくなった。

「では、失礼します。先輩もどうぞ気をつけて」

一礼して、俺はまた駆け出した。

そして、十歩も走ったところで。

先輩が突然──。

「不破──煙草はやめろ。体に悪い──。没収、と言いたいところだが、今夜だけは大目に見ておく。それでもう最後にしておけよ」

やはり気がついていたか…。

「すみませんっ。以後気をつけますっ。申し訳ありませんでしたっ」

俺は道の真ん中で立ち止まり、学院最高頭取に深々と頭を下げた。

そして緊張しながら、顔を上げると、初めて——。

たぶん初めてだ。

先輩がふっと笑い顔を見せていた。

すごく優しい笑顔だった。

*

「でさ…俺、もうその瞬間、三キロくらい痩《や》せちゃった気がしたよ。真冬なのに、体中から、汗がどーっと流れていくカンジなんだ…。でもあまりに驚いて、逃げようにも体がもう動かないんだよ…」

翌日、土曜日——。

俺は、隣の席の花月に、昨夜《ゆうべ》の出来事を話していた。

「つたく、あなたはどうしてそう無防備なんです。だから私はいつも、月・水・金の晩は、仏壇《ぶつだん》に手を合わせ、神棚に柏手《かしわで》を打つことを欠かさないようにしているのですよ。コンピューター並に頭がいいのに、いつも気づくと、涙が出るほど、ぬけたことをしてしまうのですから…私、時々、本当に情けなくなります…うっうっ…。でもまあ、それが不破のいいところといえば、いいところなんですよね…。だって、完璧すぎる人間なんて、つまらないものです。例えばほら、宝石で琥珀《こはく》っていうのがありますでしょう？」

「あ…ああ…琥珀か…。英語でアンバー、イタリア語で確かアンブラ。スペイン語でアンバール だよな…。地質時代の新生代第三紀の松柏《しょうはく》科の植物の樹脂が、地中で化石化した鉱物で、色は主として黄色あるいは褐色、たまに赤みや白みを帯びているものもある。主産地はバルト海沿岸、ルーマニア、ドミニカ、ミャンマー、イタリアはシシリー島、中国、メキシコなどなど…」

「不破…あなた、落ち込んでいながら、結構絶好調ですか…？」

花月が厳しい目で俺を睨んでいた。

「ちっ、違うっ…俺は、だから、昨夜、とにかくどうしていいのかわからなくなって、ああいう時きっと花月だったら、上手《じょうず》に切り抜けられるのにと…思って…」

「ふう…とにかく…琥珀がですね…」

「あ…ああ…琥珀がどうしたんだ…」

「あれは、美しい宝石ですが…実は中に昆虫などの不純物が化石になって入っていれば入っているほど、高価なものになるんですよ。ですから不破は、ある意味、琥珀に似ていると思ったのです。あなたはその欠点ですら、宝石になってしまうと言いたいのです」

「う…うん…よくわからないけど…花月…お前…遠回しに俺のことを励ましてくれてるんだな…。悪かったな…心配かけて…」

「いえ、そういうことではありません。とにかく不破、仕事云々《うんぬん》のその前に、高校生が煙草三箱をわしづかみにして、飲み屋さん街を歩いているのは、言語道断、瞠目結舌《どうもくけつぜつ》です。せめて紙袋に入れるとか、手提げを持って行くとか、どうしてそれができないんですっ」

「そ…そうなんだ…初めノーチェのママは、紙袋に入れてあげるって言ってくれたんだけど、俺、資源は節約しないといけないと思って、それに、店…近いし…断《ことわ》ったんだ…」

「資源を守る前に自身を守れなくてどうしますかっ！　自然破壊の前に自己崩壊ですかっ！ノーチェのママはそういうことを心配して、言ってくれたんでしょうっ！」

もっともだ…すべて花月の言う通りだ。

俺は心の中で正座をして、神妙に花月の忠告を聞いている。

「そうだよな…確かにあの時、桐生頭取に会わなくたって、もし街を巡回しているお巡りさんに見つかって、職務質問を受けて、煙草を持っていることを咎《とが》められ、それを学院に通報されたら、それで俺…おしまいだったよな…。花月…俺…本当に間が抜けてて…つくづくだめな男だよ…せっかくお前が熱心に、仏壇・神棚に祈ってくれてるっていうのに」

しかも来期は学院最高頭取まで任されている人間のすることじゃなかった…。

ずーんと落ち込んでしまう。

「ふーん…不破もしっかりしているように見えて、結構大変そうみたいだな…。で、さっきから何をそんなに那智クンに懇々《こんこん》と説教されてるワケ…先生に話してみる？」

ハッ…！　物理の鹿内《しかうち》先生が白墨《はくぼく》を持って、俺らの前に立っていた。

またた…またやってしまった…。

この先生は俺らの担任でもあるので、きっと今期の成績表のコメント欄に、『授業態度極めて悪し。気持ちが上の空になっていることが多すぎる。再三再四注意したが、本人直す意志なし』と書かれてしまうんだ。

「先生、すみませんっ、俺、もう本当に本当に、以後私語を慎《つつし》みますからっ！」

俺はすぐ謝罪に走った。

「いや、先生が思うに、不破は、そんなに気にしなくてもいい。先生がこれだけ熱心に授業をしているのに、たぶん私語を慎むべきは、那智クンの方だね。那智クン、何をそんなに不破を諭《さと》してたわけ？　恐らく先生の聞き違いだと思うけど、今確か、『煙草』とか『お巡りさん』とか『ノーチェ』がどうしたとか、なんかこう、非常に高校生らしからぬ単語の数々が、びしばし飛び交ってたような気がするけど、それってもちろん先生の聞き違いだよね」

鹿内…先生…耳が…耳が…良すぎる…。

俺はもうだめかもしれない…。

「残念ながら、聞き違いでしょう。あしからず——。鹿内先生、こちらがどなたか、わかって、そのようなご質問をされているのですか」

花月…やめて…く…れ…。

「どなたかって、こちらは不破クンでしょ？　不破涼クン。来期の学院最高頭取。加えて過去二年、連続、秀麗プリンスに選ばれた人。そしてたぶん来学年もプリンス決定間違いナシの不破涼クン。言い寄る女性は星の数だけど、そのことごとくのアプローチを、クールな瞳で瞬間冷却してしまう非情の男、不破クンだよね。それと、ここが一番問題だけど、全然授業を聞いてないのに、物理の成績が、過去ほぼずっと満点、常にトップの人——先生、なにか間違ってる？」

俺ってこんなに印象の悪い生徒だったんだ…。

天国の母がこれを聞いたら、さぞかし悲しむだろうな…。

「ゼンゼン間違ってます、先生。今、言い寄る女性は星の数だと言いましたが、今や言い寄ってくる方々は女性だけじゃないんです。老若男女果ては小動物、霊界まで総動員で、不破にアプローチをしているのが現状です」

「あっそ。で、那智クンは何を言いたいの？　話、長くなるようだったら、前もって言ってね。今、僕、一応、物理の授業中だから。そんなに長い時間は、那智クンのトークに付き合えないよ」

「不破は、今の世の中を憂《うれ》えてるんです。高校生が制服のままで煙草を吸い、街の人々もそんな子供らを見て見ぬ振り…。お巡りさんですら、彼らを注意補導することはありません」

「でも、那智クン、君、確か、中等部の時、煙草所持で一週間停学をくらったことあるよね。そういう人が言う台詞《せりふ》じゃないと思うけどなあ…」

鹿内先生、一点先取だ——。

「私、今はきっぱり爽やかな禁煙生活に入ってますので、どうぞ過去のことは『揖保《いぼ》の糸』の流し素麺《そうめん》のごとく、爽やかーに記憶の彼方《かなた》に流して下さい」

どうしてこの相棒は、顔色ひとつ変えないでここまで語るのだろう。

「煙草のことはわかったけど、じゃあノーチェっていうのは何？　なんか、パブかバーってカンジがするんだけど、先生、勘《かん》ぐり過ぎ？」

「先生はよくそういうところへ行かれるのですか？　いえ、いけないとは、私は一言も言っておりません。教職にあられる先生のストレスは、私ごとき高校生には計り知れないものがあるでしょうし、そんな時、しばしの安らぎを求め、大人の時間を楽しむ…。何の問題もございません」

ございません、ときたか…。

「い…いや…先生は…違う…パブとか…バーとか…そんなには行かないぞ…」

あっ、鹿内先生の形勢が突然、不利になっているみたいだ。花月、一点獲得だ。

「そんなにってことは、たまには骨休みに行かれるということですね…」

「だから、ち、違う。一応、私は妻子持ちだし、息抜きは家庭が一番だと思ってる」

「それはようございました。ちなみに不破は今、ラテン系の語学に凝《こ》っておりまして、英語のルーツはラテン、すなわち、イタリア語、スペイン語、フランス語にあると、私に教えてくれていたところなのです…。ノーチェとはスペイン語で『夜』のこと。では不破、これをイタリア語で言いますと?」

えっ、こんな状況で俺はいきなり質問されるのかっ?

「えっと…ノ…。ノッテ…だ…たぶん…」

「では、フランス語では?」

「ニュイ…だったと思う…」

「ほら、英語のナイトと同じで、すべてNで始まりますでしょう? 似てるんですよね…。でも、それを神聖なる物理の授業中に語るのは、完全に間違っておりました。これは素直に謝罪させて下さい…」

花月は神妙な顔になる。

「でもお許し下されば、一言だけ言い訳をさせて下さい…。先生は今、『光量子仮説』を説明して下さる過程で、『星はなぜすぐ見えるのか』という問いかけを私たちにしておられたでしょう？　そのことを考えていたら、つい脱線して…。だって星とくれば、やはり夜空、そして夜…それはナイト、結果、ノーチェにまで話は発展してしまったんです」

花月…それはあまりにも強引な持って行き方じゃないか…？　一点減点だな…。

「ほお、那智クン…それなら是非、そのお答え、篤《とく》と拝聴させて頂きたいものだね。クラスのまだ誰も、解答を出してないことだし」

花月…授業なんてゼンゼン聞いてなかったじゃないか…。再び減点か…。

「では、不束ながら、説明させて頂きますと…光の粒子性っていうのは、身近な現象に現れていると思うのです…。例えば、私たちは夜空を見上げると同時に、暗い星でも見ることができますよね？　でも、私たちの目の中の光を受け取る細胞が、脳に信号を送るためには、細胞の中の何億個もの分子の、少なくとも一個に1　eV《エレクトロン・ボルト》程度のエネルギーが与えられなくてはならないのですけれど、星からやってくる弱い光が細胞全体に一様に当たるとして計算すると、分子にそのエネルギーが与えられるまでにかなりの時間がかかるという結果になるのです…。光子の流れが細胞に当たると考えると、可視光線の光子一個は数eVのエネルギーを持つことになりますので、人間は一秒間に数百個の光子しか瞳に入らないような微弱な星の光でも、すぐに見ることができるというわけです…。以上、解答です――。ちなみに不破、星は英語ではスター。さ、イタリア語では？」

　どうしていきなり、そんな問いかけを…。

「ス…ステラ…だと思う」

「なるほど、英語と似てますね。ちなみにフランス語では？」

「エトワール…だった」

「これは少し、英語とは違いますね。では、スペイン語では？」

「自信ないけど、エストレーラ…かな…？　これはむしろフランス語に近いカンジがする」

「なるほど。では、関係ないですけど、この際ですから、ドイツ語でも考えてみましょう」

「綴《つづ》りは知ってるけど…読み方がわからないんだ…確かスペルはＳＴＥＲＮだった…」

　ハッ！　しまった！　終業のチャイムが鳴っているっ！

「不破、花月――貴重なご講義どうもありがとう。先生、今日はとってもいい勉強になったよ。お礼と言ってはナンだけど、放課後、学院長室のフロアのワックス掛けをお願いするよ。ちょうど今朝《けさ》、学院長が『掃除好きの生徒』を数名、求めていたのでね。通常中等部に頼むところだけど、今日は素敵な君たち二人にご奉仕のご褒美《ほうび》だ」

　どうして…！　こんな…ことに…なるなんて…。

　自分が蒔いた種とはいえ、刈り取るのはこんなに辛い。

　と、その時、最前列の席から立ち上がる少年がいた。

「先生っ、それだけは僕に免じて許してやって下さいっ！　涼ちゃんは去年、雑誌のモデル騒ぎに巻き込まれて、学院長に退学勧告を受けたことは知ってますよねっ！　あれ以来、涼ちゃんは学院長がトラウマになってるんですっ。鹿内先生、トラウマって精神的外傷だよっ。象とか牛とか動物の話ししてんじゃないんだよっ。涼ちゃんはあの部屋嫌いなんだよっ。先生、僕が後でこの二人をキツく説教しとくからっ、お願いっ、勘弁《かんべん》してやって！」

ゆっ…悠里！　しまった…悠里の瞳は…涙でいっぱいだ！　あっ、こぼれたっ!!

「そっか…困ったなあ…悠ちゃんに泣いてお願いされたら…先生も弱いなあ…。じゃあ、今日のところは、悠ちゃんの涙に免じて、ひとつ貸しにしておこうか…。悠ちゃん、今日のお昼は二人から何か、おいしいものを御馳走《ごちそう》になるといいよ。元気だしてね。ごめんね、先生、悠ちゃんを泣かすつもりじゃなかったんだけどなー。こちらの泣かせたい二人が殺したって泣かない人種だから、つい、先生も意地になっちゃってさー…」

ううう…悠里…あ…あり…が…とう…そして…ごめん…。すまない…。

鹿内先生は、白墨で俺と花月の顔にバッテンを書き込み、静かに教室を去っていった。

クラス中が、咳《せ》き込むほどに笑っている。

ちゃんとしないといけないって、心に決めた新年だったのに——。

未来はこの腕の中に　～Bright future in our arms～

「ゆ…悠ちゃん…鞄、随分重たそうだから、俺が持ってあげるな…」

放課後、幼なじみと一緒に校門を出てゆく。

彼の鞄は、同じ授業を取っているにも拘らず、俺の三倍の重さだ。

パンパンに膨らんでいる。

厚さ二十センチはあるかもしれない。一見、すごく真面目風な学生鞄だ。

「涼ちゃん…もうそんなに気にしなくていいよ…。涼ちゃんが僕のことを『悠ちゃん』って呼ぶ時は、そうとう反省してるってことはわかってるし…」

悠ちゃん、こと――桜井悠里は、学院長室のワックス掛けから俺を救ってくれた、本日の大恩人だった。

これからうちのアパートに来て、一緒にお昼を食べる。

「でも、ほら、悠里は俺より体力ないし…さっき泣いたから、無駄なエネルギーを消耗してると思うし…とにかく俺に持たせて…な…？」

俺は強引に恩人の鞄を奪った。

「いっ、いいよ、涼ちゃんっ、自分の鞄くらい自分で持つよっ、学院最高頭取になろうとしている人に鞄なんて持たせたら、僕、この先、いいことなんてひとつもないよっ…」

悠里はその長い睫毛をばさっと伏せてしまう。

「何言ってるんだよ、悠里。悠里は俺の恩人なんだよ。今こうしてこの時間に無事校門をくぐらせて頂くことができたのも、すべて悠里のお陰じゃないか。鞄くらい持たせてもらわないと、俺、申し訳なくて…」

確かにあの学院長は、俺のトラウマかもしれない。

先日の任命式でも間近でお会いしたが、俺はなかなか目を合わせることができなかった。

去年あんな騒ぎを起こして、何が学院最高頭取だ、と思われているような気がする。

「じゃあ、涼ちゃんの鞄と交換してくれる？　だって涼ちゃんのって、軽そうだから。それに一度持ってみたかったんだ♡」

悠里は俺の鞄を奪い取ってしまう。

「えへへー、やっぱり軽いね。知能の高さと鞄の重さは反比例するのかな」

もう、にこにこ笑っている。

笑うとやはり、人気アイドルの女のコみたいな顔になる。

なるほど、小・中学校の同級生の女子が、悠里の隣で写真に収まるのを過激なまでに嫌がっていた気持ちはよくわかる。しかし男子はこぞって隣に並んでいた…。

「俺はただ不精なだけだ…。ノートも取らないし、必要なことは教科書に書き込むだけだし、悠里みたいにきちんとしてないから、辞書も持って歩かない」

幼なじみの鞄には、教科書、ノート、辞書の他に、スケッチブック、傘《かさ》、そしてなぜか『超お気に入り写真集』とかいうすごいアルバムが入っている。そのアルバムは、俺と花月と悠里がメインだ…。そりゃ重いと思う。

「だって涼ちゃんの辞書は、もう大脳・小脳の中にきっちりインプットされてるんだよ。だから持ち運ぶ必要ナシなんだ」

「いや…違う…俺も辞書とか常に持っていなければ、とは思うんだけど、ほら、悠里がいつも持ってるから、貸してもらえると思って、つい…ごめんな」

「いいよ、涼ちゃん、僕みたいなものの辞書でよかったら使って、だって、涼ちゃんにはいつも本当にお世話になってるからっ」

そんな…真剣な眼差《まなざ》しで言われても…。お世話した覚えはそんなにないし…。

しかし、この午後の日差しの中で見ると、本当に茶色い目なんだな…。時々、ハーフに間違われてしまうのもわかるような気がする。

「ふう…つくづくいいですね…、若人《わこうど》がお互いを思いやる会話の飛び交うこの有り様…。私、先程から横で聞いていて、なにかとても爽やかな青春の息吹《いぶき》を感じておりました…」

あっ…し、しまった…花月もいたんだ…。

あまりにおとなしいのですっかり忘れていた。

「そ、そうじゃないんだ、花月…あっ、そ、そうだ、花月の鞄も持ってやろうか」

わけのわからない申し出をしていた。

「いいえ、不破、それには及びません。私の鞄には仕事人としての七つ道具が入っておりますので。これを人様に預けるということは、いつ命を絶《た》たれてもおかしくないということ」

大袈裟《おおげさ》だ…。ついていけない。

花月の鞄には教科書はおろかノート、辞書、いっさいそういう勉強に関するものは入っていない。

入っているものと言えば、絆創膏《ばんそうこう》やらビタミン剤、消毒液、シップ剤、解熱剤、風邪薬(錠剤・散剤、二種)、腹痛薬、体温計、時々血圧計、仕事用黒革の手袋、三味線のバチ、舞扇、携帯電話、愛犬アレックスの写真、爪切り、ヤスリ、サングラス、ハンド・クリームなどなど…。

思えば、そのいくつかのグッズには幾度となくお世話になってきた俺である…。そう考えると、花月…ありがとう…。

「でもね、なっちゃん、とにかく今日の物理の授業中みたいな、勝手気ままで著しく秩序を欠いた——今が戦時中だったら真っ先に憲兵《けんぺい》に連れて行かれるであろう会話は、もう金輪際《こんりんざい》だめだからねっ！」

ハッ…悠里の怒りが再燃している。

「え、ええ…この花月…今日という今日は、反省しております…シクシク…」

シクシクって…そんな擬声語を口に出すほど、反省してるのか？　ちょっと疑問だ。

「えっ、な…なっちゃんっ…ごめんねっ、僕、今、そんなにキツく叱《しか》ったつもりじゃないよっ。そうだっ、元はと言えば、すべて涼ちゃんがいけないんだよねっ。天下無敵の美少年のくせに、脇《わき》が甘いっていうか、詰《つ》めが甘いっていうか、だからなっちゃんが授業中にも拘らず、リスクを冒《おか》して説教したくなっちゃったんだよねっ。その気持ちわかるよっ！」

あっ、いつのまにか矛先《ほこさき》が俺に向かっている。

「悠里にわかって頂けるのなら、この花月、溜飲《りゅういん》が下がる思いです」

せっかく和やかなトークで、許してもらえていたと思っていたのに。

人生って本当に、一寸先はわからないもんだよな…。

「涼ちゃんっ、これからは、中間・期末テスト中に発揮する緻密《ちみつ》で用意周到な活躍のごとく、私生活にも気を配るだけ配ってよねっ、わかった？」

三人の中で、この人が一番強い…今、はっきりとわかった…。

「うん…わ、わかった…悠里…心配させて、悪かったな…。俺、今後は気をつけるよ…」

こんなに可愛いのにこんなに気が強い…。いったい、いつからだ…。どうしてだ。なぜ。

「わかってくれればいいよ。その代わり今日のランチ、また、イタリアンが食べたいな♡」

そんなもので許してくれれば、ありがたい。

あ、もう笑顔に戻ってる…よかった。

「えっと、花月もイタリアンでいいか…？　この間と同じようなメニューしか作れないけど」

「えっ、私も御馳走になっていいんですかっ？」

何を今更…土曜の午後は必ずうちに寄ってくれるくせに…。

「えっと、花月はシメジとアサリのスパゲティが好きなんだよな…。今日は、ちょっとアレンジして、トマト・ソースにしてみるよ。缶詰のホール・トマトが安かったから、たくさん買い込んであるんだ…」

ぎゅうー。

早速、相棒に腕を摑まれている…。

さすがにここは公道なので、抱きつくことは控えたらしい。誰よりも大人のはずの家元の一人息子は、今、俺の右腕を両手でぎゅっと抱え込んでいる。たぶん嬉しい、ということらしい。

「ふう…私…秀麗を選んでよかったです…」

花月は満面の笑みで、俺の腕を離さない。こういう時は、ただの十七歳の顔になってしまう。

「それを言うなら、僕もそうだよ。こうなったら大学だって、涼ちゃんの後を追っていくつもりだからねっ！　覚悟しといてっ」

悠里は俺の左腕をぎゅっと摑んだ。

どうしてこんなに三人仲良くなってしまったのか、わからない。

三人三様まったく異なる性格なのに。

この二人は、今はもう俺の親友と言うより、はっきり言って家族だ。

肉親のいない俺に、神様が遣わしてくれた、大切な家族だと思っている。

「でも涼ちゃん、ひとつだけお願いがあるんだ。僕、頑張るから、どんな大学にもついていくよ。でも、できれば海外には行かないでね…。僕、とても四年も、日本を出してもらえるとは思えないんだ…。心臓の定期検診もしょっちゅう受けないといけないし、たぶん、兄さまが許してくれないと思うし、家族中に泣かれると思うし…」

まったくもって目に浮かぶ光景だ…。

「できれば私もあなたには日本の大学でお願いしたいです…。そりゃ、不破は世界的視野で進学を考えてらっしゃるでしょうが、私は踊りの稽古やら、お三味線もありますし、その度に帰国というのは、ちょっと体がタイヘン…。それにうちの犬も私がいないと暴れますし」

愛犬のアレックスは花月にべったりだからな…。ゴールデン・レトリバーだっけ。

「大丈夫だよ。俺、どう考えたって、勉強のために四年も日本を留守にできないよ。だって、田崎のお父さんが心配だし、どっちかと言うと和食が好きだし、第一、キチはどうするんだ？　バイトだって海外じゃできないし…それだったら結局、大学にも行けない」

もちろん俺は、海外が嫌いじゃない。だけどそれは旅行で行きたいということだ。今いるこの土地を離れたいとは思わない。ここに自分を引き留める要因がいくつもあるということが、俺をこんなにも元気にしているのだ。

天涯孤独で友達もなく知り合いもなく、何のしがらみもなく、それだったらきっと俺は世界中どこへでも羽ばたくだろう。

でもその自由は必ずしも俺にとって幸せなこととは呼べない。

それにどっちみち、俺の求める道は東京にある…。海外に行って手にできるようなものじゃないんだ。

もう決めている。医者になる。医者になって、人の命を救いたい。

つまらない風邪をこじらせ、肺炎で亡くなってしまったうちの母親のような人をなくしたい。

これが俺の希望だ。母にしてあげられなかったことを、せめて他の人にさせてもらいたい。でないと俺は、いつまでたっても母親に申し訳なくてしようがない。

そのために頑張って働いて、勉強して、どんな苦労でも乗り越えてみせる。

母がそれを一番に喜んでくれるのが、俺にはわかる。

桐生先輩は、アメリカに行くって言ってたっけ…。

マサチューセッツ州のＭＩＴ。

残してゆく家族のことを考えると、きっと心配だろうな。

それとも心配より希望の方が、勝っているのだろうか。

先輩はアメリカにどんな夢を膨らませているのだろう。

ふと尋ねてみたい気がした。

＊

そして土曜日の午後は、悠里と花月の三人で過ごした。

花月が旅行代理店から集めてきたイタリアのツアー・パンフレットを眺めると、三人で旅した気分になっていた。

日曜日は、田崎のお父さんの家に遊びに行った。新宿の大型書店に連れて行ってもらって、高三の参考書を山のように買って頂いた。どれもこれも最高の参考書で、今から三年に上がるのが楽しみでしょうがない。

そして月曜日——お父さんの家から学校に向かう。

制服を着て、「行って来ます」と手を振って、玄関を出てゆく。

お父さんはずっと、門の外に立ち、俺を見送ってくれていた。

それが嬉しくて——駅までの道のり、俺は何度も何度も振り返ってしまった。

何度振り返っても、ちゃんとそこにお父さんがいて、こんなに幸せでいいのか、胸がしめつけられるような気がした。幸福な痛みだ。


そして本日、火曜日の放課後——。

先天性の心臓病で、長いこと苦しんできた幼なじみは、今、俺の横でスキップをしている。

これから大学病院に定期検診を受けに行く人の足取りとは思えない。

目的地はまるで、ヴェネチアのゴンドラ乗り場のようである。とにかく、楽しくてしようがない様子だ。

しかも先程からずっと、何らかの歌をハミングしている。しかしそれはカンツォーネではなく、『おお、牧場は緑～♪』とか『丘を越え行こうよ～♪』とか、タイトルは忘れたが、小学校で習った唱歌の数々だ。

「ふうー、僕、こんなに幸せでいいのかと思うよ…」

と、言うと突然立ち止まり、感慨にふけっている。

「定期検診は好きじゃないんだ。何か異常が見つかったら、イヤだし…。もちろんそんなことはまずないんだけど…やっぱりちょっと心配だし…。でも、まさか今日は涼ちゃんがつき添ってくれるとは、思わなかったよっ。こうなると定期検診も遠足並に、嬉しいもんだねっ。これだったら、毎日行ったって、ゼンゼンかまわないよっ」

――――。

そんなことぐらいで、これほどにご陽気だったのか…それだったらいつも付き合ってやってたら、よかった。やはり病院なんて、行かなければ行かないで済んだ方がいいからな。たぶん毎回、一人で検診に訪れて、不安だったのだろう。

「でも、涼ちゃんは今日、時間大丈夫？　本当は家でお父さんに買ってもらった参考書をじっくり読んでいたかったんじゃないの？　仕事のない日は、涼ちゃんの大事なお勉強デイだからね」

悠里は突然、申し訳なさそうな顔をする。

「そんな、いつもいつも勉強してるわけじゃないよ…たまには外の空気も吸ってみたいし…。それに、悠里の通ってる病院って、心臓の外科手術に関しては、日本一の腕を誇る大学病院なんだろ？　悠里が手術を受けて入院した時、何回かお見舞いに行ったけど、見たのは病室だけだし…他はどうなっているのか、ちょっと興味あるし、最先端の医療現場をちょっと見学してみたかったんだ」

今日は花月は踊りの稽古だし、それで悠里も定期検診でいないとなると、つまらなくて、つい、ついて来てしまったというのが、本当のところだった。

「涼ちゃん、うちの病院は心臓外科でも日本一だけど、他の分野でもかなりの名医が揃ってるんだよ。例えば、白血病とか癌《がん》とか、いわゆる不治《ふじ》の病とか言われる治療に関しては、そうとう技術が進歩しててね、日本中から患者さんが訪《おとず》れるんだよ。医療機器がとにかく最先端なんだって。よその病院じゃ治せなかった患者さんをどんどん救ってるって聞いた」

今はこんなに元気な悠里だが、そこの病院を選んだということが、昔どれほど病状が重かったのかを物語ってしまう。

「でも、よかったな、悠里、こんなに元気になって。今はもう走ったり、飛んだりしてるもんな。二年前には、考えられないことだったよな」

いつも明るくて優しい幼なじみを見て、心からほっとしてしまう。

小学校五年の時に出逢ってから、ずっと俺に親切にしてきてくれた大切な友人だ。

「そうだね。信じられないけど、僕、厳冬真っ只中のロンドンにも行ったし、去年の夏は三週間もサン・フランシスコに短期留学したし。涼ちゃんのお陰だよ。僕、涼ちゃんを見てると、絶対、元気になってやる、病気なんかに負けないって、なんかどんどん勇気が湧いてきて…、で、手術を受けたんだ。今はなっちゃんの『仕事』に手を貸せるほど、パワー炸裂《さくれつ》っていうか…とにかくアブナイくらい元気っ」

歩きながら、二人で笑い転げてしまう。

ゆるやかな坂を上って行くと、古めかしいけれど、威風堂々とした立派な病院が姿を現してきた。

冬なのに病院の周りには、木がこんもりと生い茂っており、都心にも拘らず、のんびりと静かで、環境の良さを物語っていた。

これが悠里をここまで元気にしてくれた病院だった。

しばらくロビーで待った後、悠里の検診の順番が回ってきた。

検診は三十分以上かかるというので、俺は、病院のフロアをあちこち見学し始めた。

病院の外観は歴史を物語っているが、内装は新築のように超近代的にリフォームされている。驚くほど大きな病院で、何階にもわたって、診療口がある。

消化器内科・整形外科…神経内科…眼科…脳神経外科…耳鼻咽喉科…泌尿器科…放射線治療CT…気がつくと俺は最上階までぐるぐる上って来ていた。

しかし、そこは特別治療科と書かれていて、辺りは静まり返り、俺ごときが見学気分で足を踏み入れていい場所ではなかった。
俺はすぐに階段を降りていこうとした、その時だった。
長い廊下の外れから、見慣れた制服姿が歩いてくるのを確認した。
俺と同じ制服だ…秀麗の生徒…？
ええっ？
桐生学院最高頭取じゃないか…。
どうしてこんなところに…。
しかし、今日の先輩はまったく俺に気づかない。
先日は夜だというのに、あの繁華街で、すぐ俺のことを見つけたのに。
声をかけようか、どうしようか、一瞬ためらわれた。
何となく声をかけにくい雰囲気だった。先輩は厳しい顔をしていた。
そのまま階下へ戻ろうと思った瞬間だった。
「なんだ…不破じゃないか…、よく会うな」
先輩はすぐにいつもの凛《りん》とした顔になると、俺の方へ向かって来た。
「本当によく会いますね…あの…どなたかのお見舞いですか…」
先輩が病気だとは思えない。
「ああ、母親がちょっと入院しててね。そのお見舞い」

これから病室に行くのだろう。手にしているデパートの紙袋の中には、可愛らしいクマの縫いぐるみが入っている。透明のセロファンでラップされて、上品なリボンがかけられて、上から覗《のぞ》いただけでもわかってしまう。

「すごい少女趣味だろ——いくつになってもこういうのが好きで呆《あき》れてる」

俺が見舞い品に気づいたので、先輩は少し照れながら言い訳した。

「あ…俺の母親もそうでした…去年ロンドンに行った時、俺、ハロッズ・デパートでハロッズ印のついた縫いぐるみを母への土産《みやげ》に買って帰ったほどなんです。花月のお袋《ふくろ》さんもそうです。あの人も無類のクマ好きで…家にすごい数、飾《かざ》ってますよ」

桐生先輩は当惑した顔をする。

「不破…そうでしたって…今、お母さんは…？」

「あ…母親…俺が小学校五年の時に亡くなったんです。でも、俺、あの人の好きなものってなんとなくわかるから、去年ハロッズでそのクマを見た時、つい買ってしまったんです。でも結局、それは今、うちの猫のお気に入りのおもちゃになってます」

先輩と、こういうプライベートな話をするのは、初めてだった。

「お母さん——亡くなってらっしゃるの」

先輩はものすごいショックを受けた顔をした。

しまった——。先輩のお母さんは現在、病気で入院されてるんだから、こんな縁起《えんぎ》でもない話をするべきではなかった。どうしてそのくらいの気配りができないんだ、俺は。

「ごめんなさいっ、こんなどうでもいい話っ、すみませんっ、ごめんなさいっ」

俺はどういう顔をしていいのか、わからなくなった。

「いや、不破――僕こそ悪かった。そんなことを訊いてしまって。しかし、しっかりものの頭取だな。そんな悲しいことがあるのに、いつも明るく頑張っている」

桐生先輩はまた、俺を励ますように言ってくれた。

でも俺は自己嫌悪の嵐に包まれていた。

「不破――うちの母は大丈夫だよ。じき、よくなるから。心配しないでいいよ。ここ、いい病院なんだ」

俺の気を軽くするため、先輩は言い続けてくれた。

「ところで不破はなんでまた、こんなところに来てるんだ？　このところ珍しい場所でよく会うな。あ、そうだ、煙草もう止めただろうな？」

先輩はもうすでに学院最高頭取の厳しい顔に戻っていた。

「はい、もう絶対に吸いません。約束します」

俺は胸を張って言った。

「素直でよろしい――。不破は嘘がつけないところが、いいな。それで苦しむことがあるかもしれないけど、不破のそういうところ、人間としてとても大切なことだと思う。だから僕たちは、迷わず君を選んだ――」

先輩はそう言ってくれるけど、俺は言葉を返せなくなる。

だって、そんなことはない。

俺はたくさんの秘密を抱えている。その秘密を守るために、随分の嘘を重ねてきた。

「はい…頑張ります――先輩の卒業のその日まで、どうぞご指導よろしくお願いします」

言いながら、居たたまれない気持ちになる。

一礼をして、フロアを去って行こうと思っていた。

何だか辛くて、こんな俺が学院最高頭取になっていいものかどうか、みるみる自信がなくなっていた。

「でも不破、僕は思うが――人を傷つけないためにつく嘘――人を幸せにするためにつく嘘――人を助けるためにつく嘘――自分の心を救うための嘘だったら――それは許される嘘じゃないかな」

別れ際、先輩は突然、そんなことを言った。

許される嘘、という言葉と同時に、天上を見つめていた。

その仕草は、神様は許してくれると言っていた。

その瞬間——俺はすべての心の重しから、解放される思いがした。
自分を責める気持ち、自分を嫌悪する気持ち、自分を否定する気持ち。
そういうものを、ふっと吹き消してもらっていた。

神様だけは、それを嘘とは呼ばない——。

別れ際、俺はもう一度、尊敬する先輩に深々と頭を下げていた。
元気と勇気と励ましをもらった、心からの一礼だった。

希望の象徴《しるし》　～A silver pendant～

翌日、水曜日の放課後――。

仕事へ行く前のしばしの時間を使って、俺は花屋さんへやって来ていた。

「う…うーん…俺、花っていっても、母親に供《そな》える仏花しか知らないし…。こういう時って
どういうものがいいんだろうな…」

店主らしいおばさんが、奥でにこにこ笑っている。

「な、なあ、これなんかどうかなあ…綺麗だよな…」

俺は大型の鉢植え花を指さした。

「涼ちゃん、これはシクラメン…。確かに冬を彩《いろど》る花ですが、どっちかというと暮れのお歳《せい》
暮《ぼ》というカンジです。今はほら、初春ですから」

俺の横でアドバイスをしてくれるのは、仕事人兼日舞の家元の一人息子、花月那智だ。

「あっ、じゃあ、これなんかどうだ？　赤くて立派な大輪の花だよな…？」

シクラメンは却下《きゃっか》されたので、次に目についた鉢を指さした。

「不破、それはポインセチア。大輪の花に見えますが、それは苞葉《ほうよう》といって花弁のように見えるだけです。実は葉っぱです。そんなことよりポインセチアはクリスマスの花でしょう？　重ね重ねしつこいようですが、今は、初春――」

相棒がふうっとため息をつくのがわかった。

「悪い…俺…こういうことってしたことがないから…よくわからないんだ…」

俺は、先日『ノーチェ』のママに頂いたお年玉のお礼を考えていた。少しだなんて言っていたのに、中に一万円も入っていて、恐縮した俺は、何か気持ちだけでもお返しをすることを考えていた。

それを花月に相談したら（注・授業中に、ではない）、それはもう花がいいでしょう、ということになり、花月の家の近所の行きつけ（？）のお花屋さんにやって来た。

悠里は、俺のアパートで、お兄さんの遥さんが迎えに来るのを待っている。

遥さんは都内の大学病院に勤めていて、その行き帰りに、車で悠里の送り迎えをしてくれる優しいお兄さんだ。

十五歳ほど年が離れているので、悠里のことは、とにかく目に入れても痛くないほど可愛いみたいだ。

その気持ちはわからないでもないが、とにかく大事にされている。

しかしそのお兄さんが迎えに来るまで、充分時間はあるので、通常だったら、悠里も俺らと一緒にこの店でわいわいやってるはずなのに、今日は来ない。

なぜかと言うと、悠里は昨日俺と二人で定期検診に行ったので——。

「さ、今日はなっちゃんの番だよ、涼ちゃんをたっぷり堪能《たんのう》して来ていいからね。僕は昨日、涼ちゃん関係の運を使い過ぎたから、今日は自粛《じしゅく》。静かに、次なる運を再生しとくよ」と言っていた(?)。今頃はたぶん、うちのキチの遊び相手になってくれている。

「しかし…そうですね…よくよく考えると、不破自らがどなたかにわざわざ花を選んでプレゼントするなんて…想像できないですものね…花の名など、わからなくて当然でした」

「そうだよ…俺、花を買うくらいだったら、三度三度のご飯のおかずを充実させたい」

「そういうことを言ってるんじゃありませんっ。あなたは花とか宝石とかそういう小道具いっさいヌキで、勝負できる男だって言ってるんですっ。今だって、秀麗の周りには日に日にファンが増えて、どうにもならない状態じゃないですかっ」

また、説教されてしまった。

「ま、とにかく…不破、元気を出して下さいね、と言いながら、その元気をことごとく奪っているのは、私以外の何者でもないのですが…。そうですね…蘭《らん》なんていかがでしょう。冬、南国を思わせる蘭は、まさに初春を迎える今の季節には相応しいと思います。蘭こそおもてなしの花。しかもその花の命は長く人々の目を楽しませます」

相棒はさすがだ、見かけが雅《みやび》で艶《あで》やかなだけじゃない。心の底から美を追求している。

日本の伝統芸能の継承に従事する家の息子さんはやはり本物だ。尊敬してしまう。

「じゃあ、俺、蘭にする」

即決だ。

「不破…蘭にも色々あるのですよ、ほら、この背の高い鉢はシンビジウム。ゴージャスでしょう？　でも割と育て易《やす》いタイプです。で、こちらの白い花は、贈り物の女王、胡蝶蘭《こちょうらん》。で、こちらの赤紫のは、その胡蝶欄を改良したデンファレ、最近は結構、庶民的な花になってきました。で、こちらの黄色い小さな蝶がちらちら舞っているようなのが、オンシジウム。どれも優雅で可愛いでしょう？」

なるほど、どれもノーチェのママにはぴったりの高尚《こうしょう》な花だ。

「じゃあ、これらのどれかにする。花月、どれがいい？」

「不破…私…本気で怒りますよ…」

睨まれていた。自分で選べということか…。

「あ…えっと…そうだな…俺としては…この、黄色い小さな蝶がちらちら飛んでいるようなのがいいな…春らしいカンジがする」

「オンシジウムですね…。やはり不破は趣味がいい…世界中の女があなたを放っておかないはずです」

相棒は満足そうに俺を見ているが、たぶん世界中の女は、こんな遊び心のない俺と一時間

も付き合えば、即刻放ってしまいたくなるだろう。

えっと…値札は五千円となっているが…喜んでもらえると嬉しい…。


「なっちゃん、いつもありがとう。お友達、贈り物決まったようね？」

先程の店主さんが、にこにこやって来た。小さい時から、花月のことをよく知っているおばさんらしい。

「ええ、このオンシジウムが気に入ったそうです」

「さすがなっちゃんのお友達、お目が高いわあ。私もこれ、一度くらい、プレゼントされてみたいものよねぇ」

「おまけして下さいね♥」

「もちろんよ。なっちゃんは超お得意様だもの。三割引きにして三千五百円、消費税なしでオッケーよ。おばさん、いい男には、めっぽう弱いの♡」

そ…そんな…悪い…悪すぎる…いいのだろうか…。

「ね、不破、この店まで来てよかったでしょう？　昨日は悠里に涼ちゃんを独占されましたので、今日はこのなっちゃん、ちょっと頑張らないと、と思ってたんです」

自分のことをまた『なっちゃん』と呼んでいる…ハイ・テンションなんだ…。花月の精神構造って複雑だな…。でも…ありがとう…こんな立派な蘭…俺には分不相応だけど…ノーチェのママは喜んでくれると思う。いい贈り物を見つけてもらった。

花屋さんを後にして、俺は仕事場へ、花月は唄のお稽古へ、途中まで一緒に、電車に揺られて行った。

花月と一緒の時はいいが、一人で街を歩くとなると、とたんに花の鉢を抱えているのが恥ずかしくなる。

ノーチェまであともう少しなのだが、すごく照れてしまう。

花月だったら、こういうのを持っていても絵になるのにな。

俯《うつむ》きながら、小走りになっていた。

「まあっ、アキラじゃないの…そんなに急いでどこ行くの？」

裏道に入ったところで、美容院から出てくる人に声をかけられた。

「あっ…ママ…。ちょうど今、そちらのお店に行くところだったんです」

綺麗に髪をセットした、ノーチェのママが和服姿で現れた。

「まあ、可愛い蘭ね…オンシジウムでしょう？　春らしいかんじよね」

ママは俺が抱える花を、うっとりと眺めていた。

「えっと、これ、ママにと思って。友達が行きつけの花屋さんを紹介してくれて、今、一緒に選んできたところなんです。よろしかったらお店にでも飾って下さい」

ママは驚いてしまう。一瞬、言葉にならない。

「でも、アキラ、これ高いのよ…そんなの…悪いじゃないの…」

「いいえ、友達の行きつけの花屋さんなので、申し訳ないくらいおまけしてくれたんです。たぶん原価すれすれだったと思います」

「まあ…それにしても、どうしましょう…。いいのかしら…こんな素敵な蘭…。でも、嬉しいわ…。大事にするわね、アキラ…」

ママは顔をほころばせていた。ママの笑顔の方が、ずっと春らしかった。

「じゃ、俺、店まで運びますね。行きましょうか」

和服のママに、こんな大きな鉢を抱えさせるわけにはいかない。

俺はたわいない話をしながら、ママとノーチェへ向かって行った。

ネオン街の東の果てに、満月が昇り始めていた。

この街で一番質素で、そのくせ一番趣《おもむき》のある優雅な明かりだった。

＊

その夜のナイト・クラブでの仕事を終え、地下鉄の駅へと向かっていた。

午後十一時四十五分――。

最終電車にはまだまだ時間がある。

俺は割とのんびりした気持ちで、ヘッドホン・ステレオを聴きながら街を歩いていた。テープの内容は、ラジカセから録音したＮＨＫの英会話講座だ。

ヘッドホンをすると、自分だけの空間ができて何だかほっとする。アパートに帰って、こたつに入り、ラジオを聴いているような感じだ。テレビを持ってない、俺の唯一の娯楽だ。

すると突然、誰かにポンと肩を叩《たた》かれた。

驚いて振り向くと――。

見知らぬスーツの男性が俺に声をかけていた――しかし、何を言っているのか、わからない。

俺は慌ててヘッドホンを耳から外した。

「何でしょうか？」

警戒しながら言った。

相手はかなり高級そうなスーツを着ているが、それは会社員がよく着てるタイプとは違って、何か玄人《くろうと》っぽい、怪しげな匂いのするスーツだった。

「君、『ノーチェ』で働いているの？」

唐突な質問に、俺は警戒心をさらに強めた。

「違いますけど、何か御用ですか？」

キツい目で睨んで言った。

「いやね、君のことは、昨年の暮れから幾度となく目についてはいたんだけど、ずっとシロウトさんだと思っていたから、声をかけなかったんだ。でも、今日の夕方、ノーチェのママと歩いてたでしょう？　君、ひょっとしてあそこで働いているのかな、と思って。まさか出入りの花屋ってわけじゃないよね」

俺は男性を無視して、歩き始めていた。こういう人にかかわると、ろくなことはない。

「ねえ、ねえ、ちょっと待ってよ。話だけでも聞いてくれないかな。悪い話じゃないと思うよ。えっと、僕はこういうものなんだ――」

馴《な》れ馴れしい。俺の横をぴったりついて歩きながら名刺を差し出してくる。

そんなものは絶対に受け取らない。

俺は男を無視して、どんどん駅へ向かって行く。

「ねえ、君、名刺くらい見てよ。あのさ、君だったら月百万、カタイから。保証するって」

なんて恐ろしい金額だろう。普通の商売じゃない。

そして、この時ようやくわかった。

ノーチェのママが俺に気をつけるように言ってたっけ。

新宿でナンバー・ワンのホスト・クラブが、この街に二号店として出店したって。

それで、この辺りで今スカウト・マンが出没してる。


「すみません、俺、急ぎますので」

腕を摑もうとするので、俺はそれを振り切って走っていった。

すると——。

「痛たた〜っ、ひどいなあ、何するんだよっ！」

情けない悲鳴を上げ、男が路上に転がっていた。

しばらくうずくまっている。

放っておけばいい。かかわってはいけない。第一、俺は突き飛ばしてもいないし、あっちが勝手に倒れたんだ。

「痛ってえなあ…ったく、なんだよ…」

男は、よろよろと立ちあがろうとするが、なかなか立ち上がれない。

打ち所が悪かったのだろうか…どうしよう…。

気がつくと俺は、つい彼のところへ舞い戻り、抱き起こしてしまっていた。

「大丈夫ですか？」

せっかくのスーツも砂埃《すなぼこり》まみれだった。

「大丈夫じゃないよ…君、ひどいなあ、振り切ることないじゃないの…弾《はず》みで転がったら、道路にもろ、膝《ひざ》をぶつけちゃったよ」

本当だ。右膝のところがかなり汚れている。

「まあいいよ、僕もしつこかったし…ったくなあ…しかし、もうこれじゃ今夜は仕事にならないよ…」

男は情けなさそうに、また路上にうずくまる。

「あの…お医者さんに…診《み》てもらいますか…?」

膝にひびでも入っていたら気の毒だ…。

「いいよいいよ、それより君、ちょっと肩貸してもらえるかな、とにかく一度、僕も店に戻らないといけないし」

男性が一本向こうの通りを指さした。

「いいですよ。立ち上がれますか?」

俺は彼に肩を貸し、ゆっくりと歩いていった。

理由はどうあれ、四十過ぎの男性がこんな繁華街で膝を抱え、うずくまっているなんて、あまりに哀《あわ》れで放っておけなかったのだ。

まったく俺に原因がないとは言えないし…。

「悪いね…店、すぐそこだから…」

と言っている割に、なかなか目的地へたどりつかない。

もう通りを二本、歩いた。そしてさらに一本脇へ入ると…。

ここは…先日…桐生先輩に偶然会ったところだ。

ノーチェとうちのママの店の中間地点。

しばらく行くと、新装開店の花輪が賑々《にぎにぎ》しいお店が登場した。

一見、中世のお城を思わせる外観、電飾看板には『エル・ルエゴ』という店名が光っている。その下に小さく、ホスト・クラブと書かれていた。

相当儲《もう》かっているのか…贅《ぜい》の限りを尽くした外装である。しかし、悪く言えば成り金趣味だ。

この昔ながらの高級飲み屋街では、完全に浮いている。

店の前には、数人の若い男性が、お客さんを出迎えたり、見送ったりしている。

お客さんは、結構若い女性が多い。ホスト・クラブというと、もっと年配の女性が出入りしているのかと思ったら、そうでもない。

「うちは芸能人並にいいコを揃えてるから、客層が広いよ。老いも若きも集まってくる…。

しかし今どきの女のコは、お金を持ってるよね…。気に入った男のコには、一晩で三万でも五万でも使ってくれる。しかも連日のように来てくれるコもいる…まあ、一種のおっかけかな？」

俺はもうこれ以上、この店に近づきたくなかった。

男性の話も聞いてなかった。

「あの、じゃあ、もうここで大丈夫でしょうか。俺、地下鉄の最終がありますので、失礼します。お大事に」

そっと彼を自分の肩から外した、つもりだったのに。

彼が再び俺の腕を摑んで、行かせようとしない。

「ねえ、ここまで来たんだから、頼むから話だけ聞いてってよ。ゼッタイ損はさせないからさ。最終の地下鉄くらいいいじゃない。タクシー代出すからさ。頼むって」

この人…これが目的だったんだ…。

さっきまでひきずっていた足はもうしっかりしている。

「オーナー、どうしたんですかっ」

若い男性が数名近づいてきた。

俺が彼と揉《も》めていると勘違《かんちが》いしたのだ。いや、揉めているには違いないのだが、とにかく俺はもうこれ以上、この店ともこの人ともかかわりたくなかった。

「もう、本当にいいかげんにして下さいっ。警察呼びますよっ！」

俺の立場からして、そんなもの呼べるわけもないのだが、取り敢《あ》えず怒鳴《どな》っていた。

下手《へた》に手を出すと、またさっきみたいな芝居を打たれるので、言葉で威嚇《いかく》するしかなかった。

「だから君、そんなに、怒らないでってて…話聞いてほしいだけだって、さっきから言ってるでしょう？　悪いようにはしないから、ね？　コージ、ヒカル、彼を、地下の事務所までお連れして？」

二人の若い男が、さっと俺に駆け寄ると、俺の腕を両脇から摑んで、裏手の従業員口から店の中へと連れ込もうとする。

「何するんだっ、やめろっ、本当に警察を呼ぶぞっ！」

いったい何なんだ、この店は、この男らはっ！

二人がかり、且つまた一人加勢して、三人がかりで、俺を店内の地下へと引きずり降ろして行く。

これ以上抵抗して、階段を落ちて怪我したくもないので、俺はしかたなく彼らのなすがままにされていた。何かしてこようものなら、その時は本当に手加減はしないつもりだ。

そしてとうとう、薄暗い地下にある、これまた成り金趣味のオーナーの接客室らしい、ゴテゴテした柄のソファに無理やり座らされた。

俺の左右には、先程コージ、ヒカルと呼ばれた若い男二人が、俺をがっちり押さえて座っている。

オーナーは部屋の隅《すみ》にある、金庫の前に立ち、ダイアルを左に右にそしてまた左に回している。

そして、何と剝《む》き出しのままの札束を握りしめてきた、と思ったら、俺の目の前にそれを
どん、と置いた。

百万円の束だ――。

「まずは契約金だと思って、収めてほしい。支度金は追って、用意する」

きっと今までこうして連れて来られた人間は、初めは嫌がっても、この束を見て、すぐに
了解したのだろう。

「収める理由がありませんので、結構です。せっかくのお誘いですが、お力になれません。

申し訳ありませんが――」

俺はさっと立ち上がった。

「まあまあ、君、なかなか手ごわいねえ…。そういうことなら、わかったわかった」

オーナーは再び金庫の前に立ち、今度は新しくまた二束、握ってきた。

二百万か。もう、うんざりする。

「俺は、職業に貴賤《きせん》はないと思ってます。だから、ホストが悪いって言ってるんじゃないん
です。でも、できないものはできないし、興味ないんです。もうこれで失礼させて下さい。

これ以上俺を引き留めるようでしたら、不法監禁で訴《うった》えます。せっかく開店して、順調に繁《はん》盛《じょう》されているようなのに、こういう問題が起きたら、そちらもやっかいでしょう？」

俺の中で怒りが爆発する数秒前だった。しかしそれをぐっと堪《こら》える。

「お前、何気取ってんだ。何が職業に貴賤はないだよ、ふざけんじゃねえよ、こっちが下手《したて》に出てると思って、言いたいこと言ってんじゃねえよ」

俺の右にいるヒカルと呼ばれる男が、大声で怒鳴った。

まっ金キンの髪をしている。

ものすごい開襟シャツに、五百グラムぐらいありそうな二十四金ネックレスをしている。

しかし、俺の中でも何かがキレた。

「お前、何が下手に出てるだ？　俺の腕ひねりあげて、ここまで連れてきたんだろ？　それが下手に出てる態度か？　お前こそ、ふざけんな」

言い返してしまった。

「なんだと、テメエっ！」

ヒカルが俺の胸ぐらを摑んだ。俺もすぐに同じ行動をとった。

でも、我慢しないといけない。こんなところで暴れてはいけない。だって、どうやらここのオーナーは、俺がノーチェのママと知り合いということを知っている。そこから、俺の素性がバレて大事に至ったら大変だ。俺はこれからも、この街で仕事をするんだ。

相手に怪我をさせられないし…いったいどうしたらいいんだ…。

やはり…逃げるしか…ない…。

俺は渾身《こんしん》の力を込め、左右の人間をはねのけ、ソファから立ち上がった——。

しかし立ち上がった瞬間——取り押さえられた。オーナーを含め、相手は四名だ。どうしても解放してくれない。

やるしかないのか…？　こんな四人くらい、もちろんどうにでもしてやれる。

しかし、相手に怪我を負わせた後のことを考えると、リスクが高すぎる。

決断が迫られていた。やるか…やられるか…。

その時だった。接客室の扉が開き、一人の青年が入ってきた。

背が高く、手脚が長く、灰褐色の鋭い瞳。

ワイルドな髪。メッシュをいれたところが銀に光って…。

なんでこんなところにいるんだ…。

一瞬、何がなんだかわからなくなった。

「オーナー。彼は違いますから。離してやって下さい——コイツ、オレのダチなもんで」

桐生…学院…最高…頭取が、真っ黒のぴったりした革のスーツで現れた。

「ええっ？　ソラちゃん、そうなの？　それならさっき言ってよー、上で見てたんでしょ

う？　ソラちゃんの友達だったら、話は早いじゃん。ねえ、このコ、いいと思うよね？」

嘘だ…そんなわけない…。だって、第一、ソラちゃんって誰だ。

これは桐生学院最高頭取だ。学院の顔だ。学院の鑑《かがみ》だ。桐生真先輩だ。

俺の思考回路がまったく停止してしまった。

「オーナー、このコには手を出さないで下さい。とにかく大事なダチだもんで。こっちの世界のコじゃないんです。もう帰してやって下さい。そして、金輪際かかわらないでやって下さい」

何言ってるんだ…先輩…。

まさか…そんなことがあるわけない…。

「悪かったな、不破…。もう大丈夫だから。帰れ——地下鉄間に合うか？」

桐生先輩は落ち着き払って、腕時計を見ていた。

「ソラちゃんの友達だったら、しようがないよなあ…久々のホームランだと思ったんだけどなあ。絶対、ナンバー・ワン、張れると思うんだけどさあ…」

オーナーはがっくりしながら、札束を次々と金庫にしまう。

「オーナー、オレ、彼のこと駅まで送って行きますから——」

先輩は俺の肩を抱き、地上へと連れ出してくれた。

俺はそれでも、何がなんだか、わからなかった。

先輩はやはり先輩なのだけど。

俺の知らない先輩が、光沢のあるシルクのシャツの下に、銀のペンダントを小さく揺らしていた。

みんなの希望と尊敬を一身に集めた——象徴のペンダント。

秀麗学院最高頭取。

高潔な戦い　〜The noble struggle〜

あまりのショックでどう言葉にしていいのかわからなかった。

桐生真先輩は、新宿でナンバー・ワンと言われるホスト・クラブ『エル・ルエゴ』で働いていた。

その第二号店が、俺の働く街にできたのが、昨年の暮れ。

新装開店と同時に、新宿から派遣されてきたという。


先輩がホストだったことが、ショックなのではない。

先輩のお母さんが悪性の癌で、長いこと入院してて、その治療のために、すごい高額なワクチンを投与せねばならず…そのために月々、莫大な金額がかかっていることだった。

そのワクチンは、まだ臨床実験中なので、保険がきかない。しかし、先輩のお母さんの癌には、ひょっとして効くかもしれないと担当医に言われ、先輩はそのワクチンにすべてを賭《か》けていた。そしてなんと先輩のお父さんは、三年前、借金を作り、どこかの女性と駆け落ちし、その後音沙汰《おとさた》なしだという。先輩が働く以外、道はないのだ。

お母さんの発病がわかったのは、二年前。

そして先輩のお母さんの両親は、もうすでに他界している。

先輩が頼る人はどこにもいなかった。

兄弟すらいない先輩は、父親がいなくなった中三の時からずっと働き続けてきた。最初はファースト・フード、そして喫茶店とコンビニ…。

ホストになったのは、一年半前だと言う。

なかなか快方に向かわない母親の病状をワクチンに託そうと、先輩が覚悟を決めた時だ。

それで先日の、悠里も通っている名医のいる大学病院へと移った。

あの病院への転院は大変だったそうだ。あそこは、強力な紹介者がないと、まず入院は無理だという。当然、ベッドの空きもなく、先輩はホスト・クラブで働きながら、病院関係者と知り合いのいるお客さんを必死に探したらしい。

そしてその努力のかいあって、ようやく悲願のあの大学病院に母親を転院させることができたという。

まるで俺と同じじゃないか…。

父親がなく…兄弟がなく…。

でも、桐生先輩の母親は、絶対に助からないといけない。
俺が桐生先輩だったら、やはり何だってやるだろう。
学校を退学になったっていい、高校なんて出なくていい、大学なんて行く必要はない。
何としても母親を助ける。絶対、何だってする。

先輩は人として、今、必死に運命と闘《たたか》っているだけだ。
母親の命をかけて、闘っている。
俺なんかよりずっと大変な思いをしている。
どうか…あと、二カ月…。
卒業まで二カ月…。
先輩が、無事にこの秘密を守り通せたらいい。
俺が今できることは、それを祈ることだけだ。
そして俺は、先輩のお母さんが、助かることを信じている。
だって、助からないといけない。
こんなにも先輩が頑張っているのだから——。
助からないわけがない。

エル・ルエゴ——。

スペイン語で、『願い』という意味だった。

先輩の願いは必ず、天に届くはずだ。

＊

何となく重苦しい気持ちのまま、翌朝、学校へ行く。

こんな時自分は本当に無力で、ただのちっぽけな高校生だということを嫌というほど思い知らされる。

先輩のお母さんのことが、ずっと頭から離れない——。

先輩の母親に、つい自分の母親のことを重ねてしまう。

どうしてこんなに苛酷《かこく》な運命が、あの先輩にのしかかってないといけないのだろう。

どうしてこんな時、自分は何もしてあげられないのだろう。

悔しい——。

俺は結局、自分の母親にも何もしてあげられなかった。

そんなことを思い出して、悲しくなる。

二年G組に足を踏み入れる――。

そのとたん、花月が走ってくるのがわかった。

そしていつものようにぎゅーっと抱きついてくる、が――。

「ハッ――不破、ひょっとしてあなた、昨夜、寝てませんねっ」

驚いた顔で、すぐにパッと離れた。俺の体調の変化を察知した。

「大丈夫だよ、花月。俺、ちゃんと寝たから――」

先輩のことは誰にも言わない。

胸の中にしまっておく。

＊

「でもね、なっちゃん、今日の涼ちゃん、やっぱり、ちょっと元気ないんだ。なんかこう、ぼーっとしてるっていうか。実は僕も心配してたんだ」

一緒に登校した悠里にも気づかれていた。

「本当に何でもないよ。あ、そんなことより、花月、昨日はありがとう。蘭の花…えっと…オンシジウム、だっけ…？　すごく喜んでいたよ」

花月は俺の話なんてもう聞いてない。

自分の席に戻り、鞄の中を探っている。

そしてまたすぐ俺に駆け寄り、俺の制服のタイを外すと、シャツのボタンを二つ開け、脇に体温計をつっこんできた。

「熱なんてないって」

「あります、たぶん三七・三度くらい」

昨夜、地下鉄に乗れたはいいが、JRの最終を逃し、途中実は家までずっと歩いて帰った。タクシーを拾ってもよかったのだが、なんだか無性に歩きたかったのだ。

歩きながら、考えたかった。

先輩のこと…自分のこと…学院のこと…。

どうして、生徒がこんなにも大変な目に遭《あ》っているのに、学院は何の力にもなれないのだろう。

これからもこの学校はそうなのだろうか。

先輩も俺たちも俺の後輩たちも、生活で苦しむことがあっても、学院は力を貸すことはできないのだろうか。

学校って、そんなところだろうか。

そこは勉強を教わるだけのところなのだろうか。

「不破…ビンゴ。三七・三度ぴったりです。でもあなたは元々、体温が高いので、薬はやめておきましょうね。代わりに『冷え冷えデコ・クール』でも張っておきましょう」

いつのまにか花月が、俺の体から体温計を抜き取っていた。

まるで俺の主治医である。

あの七つ道具の入っている鞄は、まったく俺だけのためにあるようなものだった。

「涼ちゃんっ、熱があったのっ。僕、気がつかないでごめんねっ。今日、お休みすればよかったねっ。僕がもっと早くわかっていればよかったのにっ」

悠里が目に涙をいっぱいにしてしまった。

「あっ、悠ちゃんっ、大丈夫だってっ！　七度三分くらいで休むなんてありえないよ。ほら、俺の場合、平熱が高いだろ、だから、全然平気だって。昼に学食でアイスクリームでも食べて、一気に体温下げるよ」

自分でさえ、この熱に気づかなかったほどだ。

こんなの、なんてことはない。

それより、今、大変なのは先輩だ。

「でも不破くん、無理したらあかんよ。目ぇ離すと、すぐ無茶するからなあ…。今日はのんびりしとったらええよ。風邪ひいたかもしれへんしなあ」

そう言ってくれるのは、京都出身の桂木蒼《かつらぎあおい》だ。一年の時から一緒のクラスだ。

俺の事情をよく知っている一人なので、心配してくれる。

「さ、とにかくこれを張っておきましょう。医薬部外品とはいえ、効き目は絶大です。すぐによくなりますからね」

花月が再び近寄ってきて、いきなり俺の額《ひたい》に『急な発熱を冷やすシート』とやらを張ってしまった。すごくみっともないけど、ひんやりして気持ちがいい。

俺…やはり…熱があったのか…。

そういえば体もだるかった。

「不破、無茶したのって、ひょっとしてとうとう本命の彼女ができた、とかだろ？　俺ならいざしらず、いきなりオールナイトで羽目を外すなんて、だめだぞ。こういうのは、段階踏んでいかないと。今後、そっち方面の話は、相談に乗るから」

冗談まじりに言うのは速水真雄《はやみまお》だ。

高校陸上界のホープ。やはり一年の時からの親友だ。

しかし冗談を言いながらも心配してくれているのか――。

「まぁ、熱があるんだったら、少し脱水してるかもしれないし、飲んでおけよ」

スポーツ飲料のボトルを手渡してくれた。

みんなの気持ちが素直に嬉しかった。

でも、また考えてしまう。

俺にはこうしてたくさんの友人がいて、いつもみんなが助けてくれるけど、先輩には力を貸してくれる人はいるのだろうか。
精神的な支えになってくれる人はいるのだろうか。

先輩はいつも——いつ見ても気丈で、何でも一人でできてしまって。
孤高の狼だった。
決して弱みを見せなかった。
凜と背筋を正して、眩《まぶ》しくて、その姿はいつだって俺らの憧れだったけど。

毎日、どうしているのだろう。
辛くはないだろうか。
不安じゃないだろうか。
平気なわけがない。

なのに俺にはやはりどうしていいのか、わからない。

＊

放課後――掃除当番とか黒田先生の勤労奉仕があったけれど、すぐに帰宅させられる。

そして今、俺のアパートの台所で、卵粥《たまごがゆ》を作ってくれているのは、花月と悠里だった。

今日は二人とも、ここに泊まると言う。


そしてやはり俺は、先輩の秘密を一人でかかえることはできなかった。

勘《かん》のいい花月が、まずそんなことを許すはずがなかった。


「そうだったの…桐生先輩…。この間、先輩のお母さんが、僕の通う大学病院の特別治療科に入院してるって聞いて…随分、病状が重いのかなって心配してたんだ…。でもね、あそこには癌治療の権威の先生がいるから、大丈夫だよ。涼ちゃん、そんなに落ち込んだらだめだよ。落ち込むより、先輩に何かあった時のために、力を備えておくことを考えようよ」

力強く励ましてくれるのは、悠里だった。

本当にその通りだと思う。

俺ごときが落ち込んで、何のいい結果も生まれない。

「不破にしろ、桐生先輩にしろ…ぎりぎりに追い込まれる生活を強いられて…私はこんなにのうのうと暮らしていて…本当に恥ずかしい限りです…」

思いのほか、落ち込んでしまったのは、花月だった。

「何言ってるんだよ、花月、俺なんか問題じゃないよ。俺には、花月がいて、悠里がいて、田崎のお父さんがいて、友達もいて、いつもみんなが助けてくれて、この頃、辛いなんて思ったことはないよ。それに、ぎりぎりに追い込まれる生活って言っても、俺が働くナイト・クラブは、ママもいい人だし、お客さんもそうだし、俺なんてずっと幸せなんだ」

自分の生活が大変だなんて、とんでもなかった。

俺は俺のことだけを心配して大変なだけで、先輩は、先輩とお母さんのことで、俺の十倍も二十倍も苦労をしている。

「なっちゃん、元気だしてっ。なっちゃんは、のうのうとなんて暮らしてないよっ。なっちゃんがいるから、涼ちゃんもこんなに元気なんだよ。涼ちゃんはこの頃、すごく明るいし。でもね、なっちゃん、昔の涼ちゃんは、こうじゃなかったんだよ。なんかいつもこう一人で何もかも背負って、辛そうな目をしてたし、でも、なっちゃんと出逢ってからの涼ちゃんは、ホントに明るくなって…特に授業中の姿を見てると、信じられないくらいイキイキしてて…。涼ちゃんは昔、授業中に無駄口叩く余裕なんてなかったんだよ。なんかいつもピーンと張り詰めていて。でも女子は、またその涼ちゃんの緊迫感がたまらないらしくて、キャアキャア騒いでたけど、とにかく——そういう話じゃないんだ。涼ちゃんは、間違いなくなっちゃんとの出逢いで、人生変わったね。これは僕、胸を張って言うよっ。なっちゃんが落ち込むなんてとんでもないよ。恥ずかしいなんて、冗談じゃないよっ。涼ちゃんは、なっちゃんあっての、涼ちゃんだよっ！　なっちゃん、自信持っていいよっ。なっちゃんは全力で生きてるよっ！」

悠里が花月を励ますのは、珍しい光景だった。

「花月、それは本当だよ。俺、お前と出逢って、すごく性格が変わったと思う。勇気をもらったし、明るさとか、元気とか、パワーとか、すごくもらった。落ち込むなんてとんでもないよ。悠里もそうだよ。悠里がいるだけで、俺、いつも安心だし、優しい気持ちになれるし、すごく幸せだし」

花月の表情がようやく和らいでゆく。花月まで落ち込ませて悪かったと思う。

「そうですか…こんな私でも…少しは頼りにして頂けていると思ったら…少し胸のつかえがおりるようです…。こんな私でよかったら、いくらでも力になりますから、おっしゃって下さいね」

「こんな私ってことはないよ、花月。花月は俺の生き神さまみたいなところがある。困った時にいつもパッと現れて、さっと手を貸してくれて…。それって一度や二度の話じゃない」

「いいえ、不破、私こそ、あなたには何度も助けられました…。あなたがいたからこそ、私はここまで頑張ってこられたと思います…」

もう、俺がくよくよ悩んだってしようがない。

俺は俺でこれから頑張っていかないといけない。

悠里の言う通り、今は力を蓄《たくわ》えよう。

「ふう…いいですね…こういう若人の熱き語らい、って言うのでしょうか…。この桜井、今、胸にじーんと込み上げるものがありました…ふふ…♥」

ハッ…悠里が、いつのまにか花月になっている…。

とたんに、三人で噴き出してしまった。もう落ち込んでいる暇なんてない。


元気をもらった俺は決心した。

三年になったら、今の学院の制度を少しずつ変えてゆこう。

どこまでできるかわからないが、一人で苦しむ生徒がいないように、一人で悩む生徒がいないように、学校と学生が協力して、育っていけるような環境を作りたい。

大袈裟だけど、それが俺の学院最高頭取としての、使命なのかもしれない。

それこそが、桐生先輩が俺に託したかったことのような気がした。

＊

それからも俺は月・水・金の晩、都心の繁華街で働き続けた。

時折、例のホスト・クラブのオーナーに街でばったり出会うが、彼はもう俺に声をかけようとはしなかった。

ただいつも右手を軽く挙げ、「よぉ」と目で挨拶してくるだけだ。

先輩がいかに俺を助けてくれたのかがわかる。


一月が無事に終わり、二月に入り、三年生のほとんどの進路が決まった頃のことだった。

信じられないことが起こってしまった。

起こってはいけないことが、起こってしまった。

髪を振り乱した…二十代後半の…女性が…学院長室に乗り込んで来た。

なぜか学院最高頭取のペンダントを持って。

桐生真に会わせろと言ってきた。

彼女の行動は、明らかに常軌《じょうき》を逸《いっ》していた。

翌日、掲示板に、三年A組　桐生真、退学――の張り紙が貼《は》られる。

学院中が凍った。

神様はもういない　～Nowhere no God～

自分の体がずっと震えていることに気づいた。

どこにいるのかもわからないのに、俺はあの大学病院へ走っていた。

二月も半ば…午前中にも拘らず、空は夕刻時のように薄暗く、重苦しく、とうとう霙《みぞれ》まじりの雪が東京に降り始めた。

でも俺は、寒くて震えているのではなかった。

学院の掲示板にあった『退学』の二文字が、俺を絶望の淵《ふち》に突き落とし、震えが止まらない。

受験を終え登校していた三年生の先輩の同級生らは、血相を変え学院長に抗議に行ったが、その願いは聞き届けられなかった。

理由は、去年の俺とまったく同じだ。

秀麗学院規律　第十五条　いかなる理由があろうとも、生徒は労働により金銭を収得してはならない。これに違反するものは、即刻退学処分となる。

大学病院の階段を最上階まで駆け上った。

頭の中は、ひとつのことでいっぱいだった。

桐生先輩が退学なら、俺だって退学だ。

俺一人が平気な顔をして、学校に通い続けていいわけがない。

先輩が何の悪いことをした？　父親が突然いなくなって、母親と二人残されて、そのたった一人の母親が病気に倒れて、その母を助けようと死ぬ思いで働いて、でもちゃんと学校では最高頭取として学院を守って、同級生を助けて、後輩の力になって――。

ふざけるな…何も知らないで…どうして退学だ…。

あと一月しないうちに…卒業なのに…どうして今、退学なんだ…？

秀麗高校入学から、これまで必死に頑張ってきた先輩の二年と十カ月と半月って…いったい何だったんだ？　どうしてこんなことにならないといけないんだ？

俺はどうしたらいい？

今は頭が混乱して、どう解決していいのかわからなくなってるけど…考えないといけない。

俺が先輩を助けないといけない。

先輩は俺、そのものの姿だ。

＊

「不破じゃないか…どうしたんだ…びしょ濡《ぬ》れで…風邪をひくぞ…」

大学病院の最上階、特別治療科のフロアにあるベンチに、桐生先輩がひとりぽつんと座っていた。

手にしているのは、スペース・テクノロジーの雑誌。国際宇宙ステーションの特集が組まれている。

俺は息がつけないほど全速力で走ってきたので、すぐにはしゃべれなかった。

「雪になったなあ…どうりで寒いはずだ…積もるかもしれないな」

先輩はベンチから立ち上がり、窓の外の雪雲をぼんやりと眺めていた。

「どうして…こんなことになったんですか…先輩は何も悪いことをしてないのに…」

ようやく口に出た言葉がこれだった。

「もういいよ、不破…これでいい…僕はこのまま卒業なんてしちゃいけなかったんだ…」

先輩は退学処分を静かに受け止めていた。

「なぜですかっ、先輩が何をしたって言うんですっ」

どうしてここまで頑張ってきて、諦《あきら》めないといけないんだ？

「僕は、母の命を救うのを理由に、何をやっても許されると自分に言い聞かせてきた。だから、一番高額になる仕事を選んだ。僕を目当てに店に来てくれるお客さんから、毎日何万、何十万と稼いできた。彼女たちがたぶん、それこそ必死の思いで作ったお金を、僕が横から横から吸い取ってゆくんだ。せっかくためた貯金を崩《くず》してしまう女性もいる。ローン会社からお金を借りてまでして、店に通い続けてくれる人もいる。このままで済むわけがないじゃないか…。何食わぬ顔で高校まで卒業させてもらったら、それこそ罰《ばち》があたる。僕は何十人、何百人という女性の血と汗の結晶を、自分勝手な理由で奪い取ってきたんだから。僕に何か罰があたらなければ、僕は母の命を救えないような気がする…。本当はずっと、そう思っていた…。僕はきっと、自分が裁《さば》きを受けることで、母を助けてあげることができるような気がするんだ…だから…もう…いい」

俺は先輩の告白に絶句していた。

「何言ってるんですか、先輩…。お客さんは…それでも…楽しかったから…店に通い続けたわけでしょう？　貯金を崩しても構わないくらい、楽しかったから…店に来てくれたわけでしょう？　お金を借りてでも、それでもどうしても会いたかったから、店に行ってしまったわけでしょう？　納得して、楽しい時間を買いに来ているのでしょう？　それがいけないんですか？　じゃあ競馬はどうなります？　予想が外れて、財布《さいふ》が空になって、借金する人だっていますよ——でも、それは騎手のせいになりますか？　競馬をする人は、それが当たろうが当たるまいが、ひとときの夢を買って、その時間を楽しむわけでしょう？　先輩だって、店に来て下さったお客さんたちには、充分楽しんでくれるよう、必死にサービスしてきたわけでしょう？　興味のある話題を提供したり、悩みを聞いたり、相談に乗ったり、限られた時間の中で、ベストを尽くしてきたんですよね？　だから、お客さんが後を絶《た》たなかったのでしょう？　サービス業って決して楽な商売じゃないって、俺、知ってますから。この間、お話しした通り、俺もナイト・クラブで働いてますから、少しはわかるんです。うちのホステスさんだって、いつも大変です。彼女たちは常にすごい勉強をしてます。世の中のこと、政治のこと、経済のこと、流行のこと、女性としての身だしなみも最高に整えて、来て下さるお客さんにいつでもベストの状態で、お迎えする準備をするんです。先輩もそうだったでしょう？　ただ店に行って、ソファに座って、飲み物を出して、ぼーっと客の相手をしていただけじゃなかったでしょう？　彼女たち、楽しかったって、また来るわねって、笑顔で店を去って行ったでしょう？　違いますか？」

俺がまくし立てると、先輩はまたベンチに座ってしまった。

俯《うつむ》いて目を閉じ、そして「違う——」と、首を横に振り続ける。

「でも、ありがとう、不破…不破がわかってくれるなら…それでいいから…」

何がそれでいいんだ…それでいいわけないじゃないか…。

「学院長にお母さんのこと、お父さんのこと、話しましたか？　どうして先輩がそこまで稼がないといけなかったか、ちゃんと理由を言いましたか？」

「もう本当にいいんだ…僕なんて、どうでもいいんだ…僕はただ、母に助かってもらえばそれでいい…それは不破が一番わかってくれるだろ…」

俯く先輩の瞳から、一粒一粒、涙が零《こぼ》れてゆく。

「そんなの…わかるけど…わからない…だって…どうして…ここまで頑張ったのに…俺が先輩だったら、きっと同じことをした…。俺だって、何だってする…だけど…俺は何もしてやれなかった…。先輩は…悪くない…どうして…自分の母親を助けるのがいけないんだ…。それだったら、俺の方がずっと悪い…。俺は、母を…助けて…やれなかった…。それなのに…うちの母親は…『ごめんね』って俺に言って、息を引き取ったんだ…」

後はもう…言葉にならなかった…。

涙が止まらなくて…母がいなくなるあの瞬間が…思い出されて…。

「ごめんな…不破…そうだよな…嘘は嘘として貫《つらぬ》き通して、ちゃんと卒業しなきゃいけなかったのに…だって、学院最高頭取だもんな…みんな…がっかりするよな…学院の代表だったのに…こんなのって、同級生にも後輩にもショックだよな…」

「違う、先輩、ショックなんかじゃないんだ、みんなすごく心配してるんだ。三年生が、さっき大勢で学院長に抗議に行ってた。先輩と同じくらいみんな辛いんだ。こんなの誰も納得しない。みんな先輩がどういう人かをちゃんとわかっているから、こんなの認めない。こんな処分、教育じゃない。先輩はみんなとすごした三年間をちゃんと締めくくる権利がある。違いますか？」

するとと先輩は静かに、ずっと手にしていたスペース・テクノロジーの雑誌をぱらぱらとめくり出した。

「なあ、不破、宇宙に一番近い場所ってどこにあるか知ってるか？」

先輩は突然、そんなことを言った。

「去年の僕らの修学旅行、そこだったんだよ…」

フロリダ州ケープカナベラル。

「ケネディ宇宙センターですね」

「学院最高頭取の権力を行使して、強引にそこに決めちゃったよ。一番、航空運賃が安い飛行機と時期を選んでね。ホテルなんて場末の最低クラス。シャワーが壊れてたり、トイレの水が流れなかったり、ベッドのスプリングが凹《へこ》んでたり。朝ご飯なんて、毎日毎日固いパンと薄いコーヒー。フロリダまで来てるのに、もう予算がないから、ディズニー・ワールドも行かないわけ。でも、楽しくてね…文句言うヤツなんて一人もいなかったよ。三年生の三百人全員が行ったんだ。もう民族大移動。三百人が三百人、ぽおっと口開けて、シャトル組み立て工場とか、ロケット発射台とか、本物のスペースシャトルとか見せてもらったんだ。僕はもう、あの時、秀麗には充分してもらったと思ってる…」

どうして…そんなに晴れがましい顔で言うんだ…。

「不破…卒業っていうのはね…自分の心が決めることだよ。証書とか式とか…そういうことじゃないんだ…。僕は…秀麗で…毎日全力で頑張ってきた…。もう、思い残すことなんてな

いんだよ。あの修学旅行に行けた時点で、僕は満足なんだ。心はとうに卒業してる。感謝の気持ちでいっぱいだ――」

そんなことを言われたら…俺はなんて言っていいのかわからなくなる。

「自分の卒業は、自分が一番わかってる。自分のことだから――自分が決める」

どうして、そんなことが言えるんだ…？

「でも…先輩はいつか…アメリカの大学で宇宙工学を勉強したいのでしょう？」

マサチューセッツ工科大学を望んだ気持ちが今、ようやくわかった。

「不破、アメリカも宇宙も、消えてなくなるものじゃないから…いつだっていいよ。僕には今しかできないことがあるから…」

お母さんを…助ける…。

俺のできなかったことを、先輩はしようとしている。

もう、俺の口だしできることじゃない。

「でも不破――ありがとう。お前が来期の学院最高頭取でよかった。僕は安心して秀麗を後にできる」

先輩はもうとうに、心で卒業していた。

俺は…もう…何も…させて…もらえないのか…？

「先輩――。俺は…将来、医者になろうと思ってます…。病気で苦しむ人を、少しでも救えるようになりたい…」

桐生頭取は、すごく嬉しそうに笑った。

「心強いな――。じゃ、僕は不破が一人前の医者になる日まで、母を少しでもいい方向に向かわせるように最善の治療を受け続けさせる。そしたら不破、頼むぞ…本気で待ってるからな…奇跡を起こしてくれ…」

気がつくと、本降りになっていた。

東京の街が真っ白に変わっていた。

＊

その夜まで雪の勢力は衰《おとろ》えず、しんしんと降り積もってゆく。

それでも仕事は休むわけにもいかず、その晩、俺はまた都心の繁華街へと向かっていた。

頭の中は、この雪景色のように依然真っ白だった。


「おい、君っ、君――ソラの友達のっ」

街角で、例のホスト・クラブのオーナーにまた出会った。

いつもは目で軽く挨拶を交わす程度なのだが、今日は珍しく声をかけてきた。

ソラ——桐生先輩の店での名前だった。宇宙と書いて、ソラと読んでいた。

「学校に、うちの店の客が押しかけたんだって？」

オーナーは俺に近寄ってきた。この雪にも拘らず、スカウトの仕事に精を出していた。

昨日、学院長室に押しかけ、先輩を退学に追い込んだのは、ホスト・クラブの常連客だった。桐生先輩が目当てで、毎日のように通い詰めていたらしい。

でも店でナンバー・ワンの人気を誇る先輩は、あちらのテーブル、こちらのテーブルと忙しく動き回らねばならず、彼女の相手を充分にしてあげることができなかった。

他の客に長時間先輩を独占され、酔った勢いで、指名客同士が大ゲンカになり、仲裁に入った先輩は揉み合っているうち、その彼女に、秀麗頭取のペンダントを引き千切られてしまったという。チェーンが切れ、ペンダント・ヘッドはフロアに落ちたとばかり思っていたら、彼女がそれを拾って取っていた。そこから素性がばれた。

ペンダントには学院のマークと、先輩のフルネームが刻まれていたから。

逆恨《さかうら》みということで、彼女は学院に乗り込み、先輩がホストの仕事をしていることを、バラしてしまった。

これがすべての事の顚末《てんまつ》だ。

「ソラが辞《や》めるって言ってきたんだ…店に迷惑かけて申し訳ないって…でも、こっちも困るんだよ。今、ナンバー・ワンに辞められたら…なあ、友達だったら、ソラのこと、説得してくれないか、あいつだって今、お袋さんのことで大変だろ？」

　オーナーは、先輩が今どんなに辛い縁に立たされているのかわかってない。

「オーナー、ソラ先輩は…あと一カ月たらずで高校卒業するって時に…退学させられたんですよ」

「なんでこんな時期に退学なの。だって悪いのはあの女だろ？　ソラは本当に気配りのできるいいホストだから、とにかくみんなに人気があってさ、もういつどのテーブルでも引っ張りだこなんだよ。なあ、君、いいホストってどういうホストかわかるか？」

　俺は首を振った。

「顔やスタイルじゃないんだ。売春まがいに体を売り物にしたりするやつでもない。女はそんなに軽くもないし、バカじゃない。人気のあるホストっていうのは、心だよ。ソラみたいに身持ちがよくて、人の気持ちがわかってしまうコなんだよ。あいつはナンバー・ワン張ってたけど、店を出たら客と遊ぶことは一切なかったし、当然、体を売ったりなんて、とんでもなかった。だから逆に、客に信用されて、気に入られて、どんどん指名が増える。あいつの仕事は店の中で、客と話し、客の気持ちを汲《く》んでやり、いかに楽しい時間を持たせてやるかに尽きるんだよ。だから…本気になってしまう客もいる。その、学校に乗り込んでしまった彼女は、本気だった。本気だけど、ソラがどうしても客とホストという関係を崩さないから、耐えられなくなったんだな…。だから彼女は…ソラとの関係をああいう形で破壊することで、自分を救うしかできなかったんだと思う…可愛さ余って憎《にく》さ百倍って言うんだろうな…怖いな、女は」

先輩は…接客の…プロだっただけだ…。

客に楽しい時間を提供するために、全力を尽くしてきただけだ…。

やましいことは何ひとつしていない。それだったら――。

「オーナー…お願いがあります…。今の話を…うちの学院長にして下さい。先輩がどんな仕事をしてきたのか、客にどういう風に思われてきたのか、それを話して下さい。うちの学院長に今言った通りを説明して下さい。学院長は、先輩のホストという仕事を誤解してるんです。オーナーが今のように話して下さったら、少しはわかってくれるかもしれない。難しいけど、ひょっとして、誤解が解けるかもしれない…。お願いします、オーナー、お願い、ソラ先輩を救って下さいっ、俺からもこの通りです、頼みますっ」

俺はネオンの街で、ホスト・クラブのオーナーに頭を下げていた。

突飛《とっぴ》な考えだが、もしかして、ひょっとしてと思ったのだ。これにチャンスをかけてみたい。

「嫌だよ。冗談やめてよ――。学校の校長なんて、大嫌いな人種だからな」

「でも、ソラ先輩のためだと思って、頼みます。先輩は今までずっと、オーナーの店で稼ぎ頭《がしら》だったわけでしょう？」

オーナーはうんざりした顔をする。

「やだったらいやだよ。そういうアカデミックな場は、僕みたいな人間が行くところじゃないから。第一、門前払いされるよ。頭冷やして考えてよ、ホスト・クラブのオーナーがどうやって学院長に会いに行くんだよ。しかもおたくらの学校、結構な進学校なんだって？」

「そういうことじゃないんです、お願いします。俺が一緒に行きますから」

「だめだめ、無理。そんなことしたって、一度退学になったものを撤回してもらえるわけがないだろう？」

「そんなのわからないです。もしかして、取り消してくれるかもしれないです」

「そんなことより、大学検定でも受ければいいじゃないか、どっちみち今すぐに大学に進学する状況でもないんだし…ソラもきっとそのつもりだよ」

「違いますっ、そうじゃないんですっ、だって先輩は何も悪いことをしていないっ」

「君、しつこいね…君だって僕がスカウトした時、あんなに頼んだにも拘らず、話も聞いてくれなかったじゃないか」

それを言われると言葉に詰まってしまう。

「僕だってあの時、必死だったんだからね。この東京の最高級の飲み屋街で、新宿系のホスト・クラブを成功させようなんて、並大抵の努力じゃないんだ。実際、今、店は表向きの豪《ごう》華《か》さとは裏腹にかなり苦しいスタートを切っている」

だからいつも店の前に、ホストの人たちが立ち並び、客引きをしてたのか…？

「それとも君、うちの店に来てくれるの？　ソラの代わりに」

どうしてそういう無理なことを言うんだ…。

「できないだろう？　だったらこっちも無理だって言ってんだよ。そのくらい無理なことを君は僕にお願いしてるわけ」

「でも、お願いします、この通りです。きっとこのことを説明できるのは、オーナーしかいないと思うんです。頼みます」

俺は何度も何度も頭を下げ続けた。

「あのね、君、人に物を頼む時は、きちんと筋を通さないとだめだよ。頭下げて人に頼み事ができるのは、シロウト衆《しゅう》の間での話。こちとらクロウト。ギブアンドテイクでしか、話は聞かないから」

お金…ってことか…？

「でも、五万や十万の金、包まれても、動かないからね。こちらが欲しいのは金じゃなくて、金の成る木なんだ。言ってる意味、わかるよね」

オーナーはにやりと笑った。

どうしたって桐生先輩の代わりがほしいということだ。

でも…俺には…とても…ホストなんて…務まらない…。

俺はママの店で、月・水・金と働いている。これからもずっと働かせて下さいと言ったところだ…。

「堅苦しく考えなくていいんだ。毎日じゃなくたっていいんだから」

オーナーは俺を値踏みするように、上から下までなめ回すように見ている。

「ま、それが無理なら、この話はなかったことに」

オーナーはくるりと背を向けると、店の方へ戻ってゆく。

だって…俺には…できない…。これ以上のリスクを背負うことはできない…。

でも…これしか…ない…のか…？　だって…俺だけが、のうのうと秀麗に通ってていいわけがない。俺がやらないと、先輩は救えない。

今、何とかしないと、俺の後輩たちも、これから同じようなことで苦しむことになる。

こんなことが何度も何度も繰り返されていいわけがない…。

誰かが…突破口を開かないと…。

「待って下さい、オーナーっ！」

オーナーは二十メートルくらい先で、鬱陶《うっとう》しそうに振り向いた。

「毎日じゃなくても…いい…ですか…」

声が震えてしまった。

「本気…？　いいよ。君だったら何日でも。で、いつだったら来れるの？」

オーナーは厳しい目で訊いた。その目は怪しく光っていた。獲物《えもの》を捕らえた目だ。

「火曜日と…木曜日だったら…」

　月・水・金はママの店。火曜日と木曜日…オーナーのところで働いて…土・日を勉強に当てればいい…。だって、これしか方法がない。

「その代わり、俺がそちらで働くことは、先輩には絶対に言わないで下さい、もし、先輩がそのことを知ったら、先輩は退学が解《と》けても、喜ばない。これだけは約束して下さい」

「学院長を説得できなかったら、どうするの。それでもうちで働いてくれるの？　交渉不成立だからって、契約不履行は許さないよ。覚悟、できてんの？　こっちだって、オカタイ相手を前に、気合入れてひと演説ぶつわけだから、確実な見返りがほしいんだよ」

　そのくらいは覚悟している。こっちだって冗談で決めたわけじゃない。

「大丈夫です。俺、腹くくってますから。それくらい先輩は、俺らにとって、大切な人なんです。学院一三五〇人の願いがかかってるんです。そのためだったら、俺、何だってできます」

　どこからこんな決心ができるようになったのか、わからない。

　先輩は、卒業は心でするものだと言ったけど、それじゃ俺たちが、卒業できないんだ。

　ずっと学院を見守ってきてくれた先輩が、笑顔で学院を出ていかなきゃ、俺たち一三五〇人は永遠に卒業なんてできない。

　そのためだったら、俺はなんだってやってのける。

俺を励まし続けてくれた先輩のためだ。

そしてこれは、俺のためでもある——。


「ったく…参ったなあ…僕は相当いい加減に高校行ってて、途中で中退したんだけど、退《や》める時、友達も引き留めてくれなかったし、先生も『あっそ』ってなもんで、こっちも退めて清々《せいせい》するってなカンジでずっと生きてきたわけだけど、参ったね…。たった一人の生徒のために、こういうことってアリなわけ？」

「あるんです。俺らの場合…そのためだったら、何でもできるんです。そうしないときっと、後悔するってわかってますから」

「嫌だなぁ、こういうの。僕の性《しょう》に合わないっていうか…。げんなりするほど嫌だね」

「そんなこと言わないで、お願いします。どうか、どうか学院長を説得して下さい——」

「だから——僕が嫌なのは——だって、これじゃまるで僕が極悪人《ごくあくにん》みたいじゃない。ホスト・クラブのオーナーやってるけど、別に人買いじゃないからね。誤解しないでよ。うちの店はとにかく女性を楽しませてあげたいっていうのがメインのサービスでしょ？　君が言うように、オレが犠牲《ぎせい》になって、そちらで働きますから、ソラを救ってあげて下さいっていうのは、ちょっとなんて言うか…違うなー」

「違うって…何が違うんですか…。こんな学生のつまんないごたごたで、出て行きたくないってことですか？」

「そうじゃないって。そういう事情なら、しようがないから一肌《ひとはだ》脱ぐってことだよ。取引も一切なしでいいよ。だって、こうして話してたら、少しわかってきたんだけど、君、頭すごくよさそうで、顔形もちょっといないくらい、恐ろしいほど整っていて、でも、怖いくらい真面目過ぎるよね。遊び心がないっていうの？　悪いけど、向かないわ、ホスト。それより君ね、宗教の教祖かなんかの方が向いてるかも。話してると、妙に心が浄化されて、なんか僕、人生違うなってカンジにさせられる…やだなあ」

――――。

「あの…取引なしって…俺…そちらで…働かなくても…学院長に話して下さるんですか？」

「それとも、そんなに働きたいの？　それだったら、考えてもいいけど」

「あ…い、いいえ…今も結構…忙しいもので…できれば、火曜日、木曜日くらいは空けておきたいなとは思ってたんです」

「じゃあ、今夜仕事が終わる頃、連絡して――ここに僕の携帯の番号書いてあるから。打ち合わせしよう」

オーナーは、俺に名刺を渡してくれると、店に向かって行った。

世紀の仕事　～A job super splendid～

昨日の雪はようやく止んだが、道路はベタベタで、かなり足場が悪い。

俺は授業も受けずに、先程から校門の前に立っている。

「しかし不破、やりましたね…。こちらも準備を進めてますので、ダブルで頑張りましょう」

俺の隣に立つのは、相棒の花月だ。今日は下ろしたての真っ白なシャツに、ピシッとタイを結んでいる。表情は厳しい。

「涼ちゃんっ、専門は違うけど、うちの先生、来てくれるからね。あそこの大学病院の治療費がなぜ高くて、でも、桐生先輩のお母さんの場合、それしか方法がないことを、ちゃんと説明してくれるよ」

悠里は頭からすっぽりダッフル・コートを着込み、マフラーと手袋も忘れない。

しかしその目は、かなりの気合で燃えている。

八時五十分——。

秀麗学院の前に、一台の黒塗りのハイヤーが停《と》まった。

悠里がパッと駆け出してゆく。

そしてそのドアを開ける。

「おやおや悠ちゃん、寒いのに大丈夫かい…？　こんなところで待っててくれなくてもいいのに…学院長室でいいんでしょう？」

お年を召した、髪は真っ白、ついでにあごひげまで真っ白の、品のいい紳士が、ゆっくりとハイヤーから降りてきた。

「先生っ、今日はお忙しい中、朝っぱらからすみませんっ。本日はどうぞ、よろしくお願いいたしますっ」

悠里の挨拶とともに、花月も同時に頭を下げていた。

昨日、二人で先生にお願いに上がったそうだ。桐生先輩がなぜ、そこまでして働かないといけなかったのか、お母さんの具合がどれほど悪いのか、治療費がどれだけかかるのか、それをすべて学院長に説明してくれるという。

「じゃ、涼ちゃん、僕ら先に行って説得してるから、涼ちゃんの方もよろしくね」

例の大学病院の——悠里が生まれた時からの主治医の先生が、悠里と花月と共に校舎へ向かって行った。

俺は祈るような気持ちで、その三人の背中を見つめていた。

そしてさらにまた待つこと、十分…二十分…三十分…。

約束の九時はとうに過ぎてしまった。

この雪道だ…車が渋滞《じゅうたい》しているに違いない…。

俺はホスト・クラブのオーナーが来るのを、今か今かと待っていた。

そしてもうすぐ、十時になろうとしている…。

悠里たちが学院長に掛け合い始めて、一時間ほどが経つ。

そうこうしているうちに、その大学病院の先生と、悠里と花月が、校門に向かって戻ってきた。三人とも厳しい顔をしている。

やはり説得は困難を極《きわ》めたのか…。

俺はまた絶望的な気持ちになる。

「涼ちゃん、ごめんねっ、一生懸命説明したんだけどっ、それでもどうしても、だめだって。仕事が仕事だから、他の生徒に納得させられないって。ひどいよっ！」

悠里がわっと大粒の涙を零した。

「でも不破、こちらの悠里の先生は、できる限りの説得をして下さいました。私はまだ諦めておりません。学院長だって心ではわかってるはずです。後は不破と、不破が今から連れて来て下さる桐生先輩のお店のオーナーに託します」

花月がそう言うと、俺は先生に深々と頭を下げた。

忙しい中、ここまでして下さって本当にありがたい。

きっと、あともうひと押しで、学院長もわかってくれる。

希望を捨ててはいけない。

俺ら三人は先生を見送って、また、校門に立ち並んだ。


と、それからまた数十分経って。

一台のタクシーが校門前に停まった。

俺はすぐに駆け寄ってゆく。

自動ドアが開き、中から出てきたのは――。

「悪い、悪い、遅れて――知り合いのデパートの店長に頼んで、ちょっと早めに店に入れてもらって身支度を整えてきた。な、これでいいだろ?」

オーナーはいつもの水商売風のいで立ちではなく、まるでどこか一流企業の部長さんのようなお堅いイメージの背広をかっちりと着込んでいた。手には黒革の書類鞄。靴はいつものエナメルではなく、紐《ひも》で締めるタイプのオーソドックスなビジネスマン・シューズだ。

　ここまでして下さるとは、思わなかった…。

「おおっ、そこ三人並ぶと、いいねぇ〜。まとめてうちの店に欲しいカンジがするよ。下手すると『エル・ルエゴ』第二号店は、東京一のホスト・クラブになるかもねぇ。ここ、すごい学校だなあ、今度からこの校門前でスカウトした方がいいなぁ」

　オーナーは照れ隠しなのか、そんな冗談を言う。

「本当に今日はこんな大変なことお願いして、すみません…。昨日、オーナーが俺に言って下さったことを是非もう一度、学院長に話して下さい。俺たちも説得し続けますから」

　俺たちは、このオーナーにすべてを託す気持ちで、深々と頭を下げた。

＊

「しかし刈谷《かりや》さん——わざわざ御足労《ごそくろう》下さって、本当に申し訳ないと思いますが、こればかりはどうしても、許してあげるわけにはいかないのですよ。私も一三五〇人にのぼる生徒を抱えているわけですから。このような場合の例外を認めることは、後々本当に大変な問題になるのです」

　刈谷、というのはホスト・クラブのオーナーの名字だった。

オーナーはそれはもう根気よく、三十分、四十分と、学院長に説明してくれたのだ。

しかしやはり説得は難しく、学院長はどうしても先輩の処分を撤回するつもりはなかった。

「学院長の大変なお立場は、こちらも重々承知しております。ひとつ例外を認めると、また次ひとつ例外を認めないといけなくなってしまう。そうしたら、このような大所帯の男子校は、秩序が乱れてゆくかもしれない。しかし、考えてみて下さい。人の生き死にがかかっている例外を認めない、と言い切ることができるのは、学院長、あなたではなく、神様だけではないでしょうか」

刈谷オーナーの厳しい言葉に、学院長が一瞬、言葉を失ってしまう。

「桐生真は、それはもう必死に働いていました。まだ十八歳なのに、辛い顔ひとつ見せず、毎日毎日店にやって来るんですよ。お客さんに楽しい話題を提供し、彼女たちのグチを聞き、時には励まし、力づけてあげて——本当は楽しいことなんて何ひとつなかったくせに、自分が一番励ましてもらいたかっただろうに、でも桐生は笑顔でしかも全力でサービス業に徹してました。お客さんは桐生を指名すると、みんな晴れやかな顔で帰ってゆくんです。『また来るわ、楽しかったわ』って、必ずそう言って、手を振って帰ってゆくんです。それがそんなに責められることでしょうか…。そう言われると…オーナーをやっている自分も…とても…悲しくなります…」

刈谷さんは言葉に詰まってしまった。

「学院長、お願いします——。こんな形で先輩を放り出さないで下さい。後、たったの一月弱なんです。どうか先輩を卒業させて下さい。無事、卒業することで、先輩のお母さんもきっと喜んで——病状もよくなるかもしれません。そういう精神的な喜びは、きっと病気の回復につながると思うんです。お願いします。すべての仕事を悪いと決めつけないで下さい」

俺も必死に説得し続けた。

「不破くんの気持ちはわかるよ。先程説明に来て下さった、大学病院の先生の話もよく伺わせてもらった。そして今、こちらの刈谷さんのお話を聞いて、私の心が動かなかったと言うと嘘になる。でも…私の立場もわかってほしい。刈谷さんの経営している店が、きちんとしていることもわかった。しかしそれでは、これからうちの学院でも、家庭の事情があれば、生徒の水商売を許すということになったら、どうなるだろう？　危険を伴わないとは言い切れないだろう？　すべての店のオーナーが刈谷さんみたいな方だとは、限らないだろう？　そうなったらもう、私は責任を取れないよ。何かあってからではもう遅いんだ」

学院長も決断に苦しんでいた。

「ですから、これからのことではなく、まず、桐生先輩の事情をわかって下さった上で、今回のことは特例でお許し願いたいんですっ。水商売は禁止するということにしても、生徒が何らかのアルバイトをしなくてはいけない家庭は今、多いはずです。今、世の中はこんなに不況なんです。それに学生が仕事をしながら、学んでいくことは大きいと思います」

俺は真摯《しんし》な気持ちで学院長に頼んだ。

「それでも…今回の桐生くんの仕事に関しては…やはり…どうしても…許可できないんだ…。理由は十二分にわかったけれど、これだけは認められない…。不破くん、本当に申し訳ないが…これは無理だ…。どう考えたって…全校生徒に、彼だけ例外を認める説明なんて、つけられない」

学院長は苦しそうな表情で、ため息をついた。

いったいどうしてだ…。こんなにみんなで頼んでいるのに…。

「どうして、だめなんですか？　学院長は…たった一人の生徒も救えないんですかっ？　あなたは自分が可愛いだけでしょう？　自分の首が飛ぶことを恐れているんでしょう？」

悔しさでつい、言いたいことを言ってしまった。

「不破っ、やめなさいっ！　落ち着きなさいっ！　学院長だって、苦しんでいるんですよっ！　口を慎みなさいっ！」

咄嗟《とっさ》に俺を制したのは、花月だった。

たぶん俺が、これから話すことの内容を恐れたのだ。その通り、俺は、自分も桐生先輩と同じ種類の仕事をしていることを話すつもりだった。

だって先輩が退学なら、俺だって退学のはずだ。

俺だけがここに通い続けていいわけがない。

「学院長っ、それでも聞いて下さいっ――」

花月を制したところで、悠里が走ってきて、いきなり俺の頰《ほお》を全力でひっぱたいた。

「涼ちゃんっ、つまんないこと言ったら、怒るからねっ！　この学校を救えるのは、涼ちゃんだけなんだよっ！　そして桐生先輩を救えるのも、涼ちゃんだけなんだからねっ！　諦めちゃだめだよっ！　涼ちゃんが今、何を言おうとしてるのか知らないけど、そんなことをしたら、僕、一生、許さないからねっ！」

悠里の目が怒りで震えていた。肩で息をしている。

こんなことで諦めてはいけないのか？

まだ…きっと…他に…方法はあるのか？

悠里はそう言っているのか？


「学院長、お騒がせして、本当にすみませんでした。暴言の数々、お許し下さい。さ、不破、悠里、行きましょう。刈谷オーナー、本日は本当にありがとうございました」

花月が緊張した面持《おもも》ちで、俺たちを学院長室から退場させた。


学院長はしばらく俯いたまま、机の前でじっと考え込んでいた――。

＊

そしてとうとう三月――。

桐生先輩の退学処分が解けないまま、卒業式の当日を迎えてしまった。

今、学院の大講堂では、三年生の先輩方が、一人、また一人と証書を受け取ってゆく。

誰もが、重苦しい表情をしている――納得できない顔だ。

学院副頭取の山根澄佳《やまねすみか》先輩は、学院長から証書を受けると、挨拶もせず悔しそうな顔で壇上から降りて行った。

山根先輩は、桐生先輩の親友だった。

二人のコンビで先輩らの学年は、最高にまとまっていた。

そして今、一番最後のクラスの三年G組の先輩らの名前が、次々と呼ばれてゆく。

俺は、講堂の最後尾にあるドアを何度も何度も振り返っていた。

遅い…花月も…悠里も…いったい…何をしてるんだろう…もう時間がない…。

「四十一番　山下哲次《やましたてつじ》――」

あと二人だ…あと二人の名前が呼ばれたら、卒業証書授与式が終わってしまう。

「四十二番　吉岡裕貴《よしおかゆうき》――」

頼む…間に合ってくれ…頼む…お願いだ…。

「四十三番　渡辺和司《わたなべかずし》――」

もうだめだ…間に合わない…いったいどうしたんだ…。あんなに朝早く出かけていったのに。

俺はこれから、在校生代表として送辞を読む大役を担《にな》っていた。

「以上、二九九名の卒業証書、授与式を終わります――」

式次第を進行させる、教頭先生の声が静かに広がった。

二九九という数字に、講堂中が暗いため息をついた。

「それでは在校生代表、次期学院最高頭取、不破涼――壇上にて送辞をお願いいたします」

それでもやるしかない――俺は覚悟を決めて立ち上がった。

どういう結果になっても、これだけは話しておかないといけない。

壇上への階段を、俺は一歩一歩踏みしめて行った。

そして学院長の目をじっと見つめた――これから話すことが俺の送辞となる。

と、その時、講堂の一番最後部のドアが、バーンと両開きに開いた——。

「ちょっと、待って下さいっ！」

静かな講堂に二人の声が響いた。

花月と悠里が、ようやく飛び込んできた。

二人が連れているのは、桐生真先輩だ。

と、たちまちウォーッと歓声が上がる。まず、末席にいる中等部一年がさっと立ち上がった。そして二年、三年、次に高等部一年、二年と続いていった。

みんな、背筋を正し起立をすると、全員が麦の穂のように、頭を垂《た》れてゆく。

三年の先輩も立ち上がり、割れんばかりの拍手を始めた。

みんな自分の卒業証書などフロアに放り出している。

一三四九人の『桐生』コールが講堂中に広まる。

先輩は緊張した面持ちで、壇上へと向かって行った。

そして俺はマイクの前に立った。

「学院長——再度、お願いします。桐生学院最高頭取の退学処分を撤回し、本日、二九九名の先輩方と共に、卒業させて下さいっ」

俺がマイクでそう言うと、高二の学年主任が飛んできた。

「不破っ、何をしてるんだっ、やめろっ！」

主任は、俺からマイクを取り上げてしまった。

「学院長っ、お願いしますっ。ご列席されているご父兄の方々もどうぞ聞いて下さいっ」

俺はマイクなしで、しゃべり始めた。

「自分が世界で一番愛する人のことを考えて下さい。その人が重い病に伏せったとします。その病気を治すためには、莫大なお金がかかります。頼る人はおりません。お金を貸してくれる人もいません。みなさんでしたら、どうなさいますかっ！」

講堂中がしいんと静まった。

「自分が働きますっ！　働いて、自分が治してあげますっ！」

まだ中等部一年の小さな男のコが、手を挙げて叫んでくれた。

「しかし、莫大な金額がかかるんです。月に何十万、いえもっとかかるんです。百万単位です。中・高生ごときのアルバイトでは、薬代にもなりません」

俺はまた問いかけた。

「でも、俺は何としてでも、きっと金を稼いでくると思いますっ！」

高二の同級生が叫んでくれた。

「桐生先輩は、悪性の癌と闘《たたか》っている母親を救おうと、水商売を選びました。それが一番、収入になる仕事だったからです。今もお母さんは、その病気と闘っています。先輩は、サービス業に徹し、必死に働きました。心にやましいことは何もありません。ただ、ただ、来る日も来る日も、働いて、働いて、お母さんの治療費を作っていただけです。それでもぎりぎりの生活でした。桐生先輩の何を責めることができるでしょうか、責められる人は教えて下さい、何がいったいそんなに悪かったのか、俺に説明して下さい！」

誰からも反論はない。

するとクラスメートの桂木蒼が走ってきて、壇上にいる俺に一枚の紙を手渡してくれる。

俺はその紙を学院長へ差し出した。

「お願いします、学院長。これは、俺たちが作った卒業証書です。どうかこれを、桐生学院最高頭取のために、読み上げて下さいっ。頼みますっ」

学院長は厳しい顔で、証書を睨みつけている。微動だにしない。

講堂中、再び、静まり返ってしまう。息を呑《の》むような瞬間だ。

「お願いしますっ、読み上げるだけでいいんですっ、認めてくれなくてもいい、ただ読み上げて下さいっ、俺たちの心の中だけでも、今、ここで先輩を卒業させたいんですっ」

突然、涙が止まらなくなってしまった。

「それはできないよ、不破くん――」

なんてことだ――学院長は俺の証書を、目の前で二つ折りにしてしまった。

「どうしてだめなんですかっ、何がだめなんですかっ、俺たちはただ、学院長に、みんなの前で、桐生先輩の名前を読み上げてほしいだけなのにっ」

三年生は怒りのあまりに、壇上に上がって行きそうな勢いだった。

「だって不破くん…これは本物の証書じゃないだろ…？　校章も印刷されてないし、透《す》かしもない…。当然、私の印も押してない。こんなものを渡すわけにはいかないよ」

俺には、学院長の言っている意味がわからなかった。

とたんに講堂中ががやがやし始める。

「主任——申し訳ないが事務室に行って、正式な証書をもう一枚もらってきてほしい。それと墨と筆。朱肉と学院長印——お願いするよ」

嘘だ…こんなことってあるのか…卒業…させて…くれるのか…。

「わっ、わかりましたっ、ただ今、すぐっ！」

俺らの学年主任は、慌てて壇上を降りてゆく。

そして、思い出したように振り向くと。

「不破っ、お前、学院長によくお礼言っとくんだぞっ！　ったくなあ、お前ら三人がからむと、とんでもないことになるなっ。来学年が思い知らされるよっ！」

講堂に驚きの笑顔が広がった。これ以上ない、明るい卒業式が始まろうとしていた。

遠くで、二Gの担任の鹿内先生が頭を抱えているのが見えた。
英語の黒田先生は、他の誰にもわからないように、俺に小さくVサインを出していた。
待つこと数十分――桐生先輩は三Aの用意された席に着席していた。
学年主任が厳《おごそ》かな顔で戻ってくる。
大切そうに一枚の紙をかかえていた。
講堂中に拍手が沸き起こる。
学院長は筆を取る。
桐生真――と書き込むのがわかる。
そして大きな学院長印を握り締め、朱肉をつけ、ゆっくりと証書の上に押した。
そして、学院長自らが、名前を呼ぶ。
「三年A組――出席番号七番――桐生真――」

どよめくような拍手が沸き起こった。

銀色狼——。

学院のために三年間、力を出し尽くしてきた先輩が、凜と背筋を伸ばして、壇上への階段を上ってゆく。

そしてまず長いこと、学院長に深々と頭を下げていた。

涙が銀色に光っては一粒一粒、落ちてゆくのが見える。


「大変だったね…ずっと頑張ってきたんだね…。この決断を下すまでに、こんなに時間をかけてしまって申し訳なかった…。私の覚悟ができていなかったから、君をこんなに苦しめた。君のお母さんが回復なさる日を、心から祈ってる。卒業おめでとう——」

本日三百枚目の証書が、桐生先輩の手に渡された。

講堂から割れんばかりの拍手が沸き起こる。

止まない指笛、歓声の嵐…。

先輩は振り返ると、講堂中の在校生、同級生、来賓のご父兄に頭を下げた。

そして、卒業証書を両手で掲げて見せた。

ようやく先輩の顔に笑みが戻っていた。

と、その時だった。

一人の先輩が、立ち上がって言った。

「桐生学院最高頭取っ！　引き続き、答辞をよろしくお願いしますっ！」

山根澄佳学院副頭取だった。先程までのあの悔しそうな表情はすっかり消えている。

桐生先輩の大親友は、今、講堂の中で、誰よりも幸せそうな顔をしていた。

再び拍手の波が打ち寄せる。

しかしそれは、まるで練習したかのようにすぐピタリと止み、講堂に神聖な瞬間が生まれた。

桐生先輩が、マイクの前に立ったからだ。

先輩は、講堂中をじっと見つめている。右から左へ、上から下へ、一人一人の顔をすべて記憶に焼き付けておこうと、大事そうに眺めていた。


「今…ここにこうしているのが…信じられません…」

先輩は再び溢れてくる涙を拭いもせず、まず俺たちにそう言った。

「そして…こうして卒業証書まで…頂けるなんて…夢のようです…。学院長の温情溢れるご決断に心より感謝します——。そして受験中にも拘らず、僕のために、毎日のように、学院長にかけあって下さった同級生のみなさん、本当にありがとう。そして、来期の学院最高頭取である、不破涼くんをはじめとする、後輩のみなさん、本日の卒業式に、僕を呼んで下さって、ありがとう――。でも…本当のことを言いますと、僕は仕事を始めた瞬間から、退学処分をずっと覚悟しておりました…。そしてもし退学になったら、勉強して大学検定を受け、高校卒業の資格をもらえばいい、と自分に言い聞かせておりました…。退学処分が下った時も、とうとうこの日がきたかと、静かに納得しておりました。しようがないと思っておりました。でも、日が経つにつれ、ひとつ…ひとつどうしても、思い出してしまうのです…。楽しかった体育祭のこととか…学院祭のこととか…修学旅行で行ったケネディ宇宙センターのことか…ろくに滑れもしないのに参加したスキー教室のこととか…とにかく毎日が楽しかった…。母親の病気は辛かったけど、みんなのお陰で、自分はここまで頑張ってこられたと思ってます…。ですから、今日、ここに来て、みなさんに会って、きちんとありがとうを言うことが、自分の本当の卒業だと気づいて…やって来ました…。でも…まさか…証書を…頂けるとは…夢にも思っていませんでした…。今、これを…どう…お礼を言っていいのか…わからなくて…いい言葉がちっとも思い浮かばなくて…でも…これだけは言えます…。僕は…この学院に入って本当に…よかった…。そして…諦めないで、頑張ってきてよかった…。どうして…この三年間…こんなに幸せだったんだろうって…思ってます…。学院長、先生方、同級生のみなさん…後輩のみなさん、本当に…本当に…ありがとうございました…。僕は…みなさんの力で…こうして卒業させて頂きました…。今日のことは…僕の…一生の誇りです…。最高の卒業式をありがとうございました…」

講堂中が、惜《お》しみない拍手を学院最高頭取に贈った。

永遠に心に残る、答辞の言葉だった。


学院の庭から桃の花のいい香りが流れてきた。

雪解け——三月——春爛漫《らんまん》——。

未来に向かって三百の夢が果てしなく広がっていった。

青空を縫うようにして、飛行機雲。

行く先は、きっと別天地だ。

＊

「はぁ〜、怖いなぁ来学年…。また僕ら、目、つけられちゃったね…」

二年G組の教室へ戻り、脱力しているのは、悠里だ。

「そんなことより、はい、不破、気持ちだけですが、バレンタインの贈り物です♥」

花月がハデな花柄の紙袋を俺に差し出した。

中を覗くと——何やらケーキの箱のようなものが見える。

「バレンタインって、何言ってんだよ。もう三月だろ？」

相棒の思考回路は今イチつかみづらい。

「だって、桐生先輩の退学勧告の翌日がバレンタインで、そんな祝いごとをしようものなら、不破からいきなりケリをいれられそうでしたので、改めて本日、ということで、遅まきながら——受けとって下さい♥」

ケリだなんて…俺は花月にそんな大それたことは絶対しないのに…。

「それでなっちゃん、今日約束の時間に遅れたのっ？　僕、駅でずっと待ってたんだよっ。桐生先輩を一緒に迎えに行こうって言ってたのにっ！　いつまでたっても来ないから、へんだと思ってたんだよっ。それにその紙袋っ、今朝からずっと大事そうに持ってるから、妙だなーとか思ってたけど、まさか朝からケーキ焼いてきてないよねっ！」

悠里の激しい追及が始まる。

俺は二人のやり取りを聞きながら、冷や汗をかいてしまう。

「しかし、ケーキは作りおきより、焼き立てが一番…。今年はチョコレート・ケーキ、ローマ帝国風というのを作ってみました。ケーキの形が、『コロッセオ』円形競技場になっているのです♥　大変でした…ふう」

きっとすごい大作なのだろう…寝ないで作ったのかもしれない…。

あっ、でも悠里の瞳の中に、また炎が燃え上がってしまった！

「実は悠里にも焼いてきたのですよ。『真実の口』ボッカ・デラ・ヴェリタ形クッキー。ほら、嘘つきが口に手を入れると食べられてしまうアレの形をかたどりました。手は入りませんが、人差し指が入るくらいの口は開けておきました。チョコ・ナッツ味です。悠里の好きな、カシューナッツ、アーモンドがざくざくです」

今日は久し振りの大仕事だったのに…花月はいつも余裕なんだな…。

ある意味、とても尊敬してしまう。やはり花月にはかなわない…。

「なっちゃん、ごめんねっ、僕、怒ったりして。また、抜け駆けされたと思って、ちょっとカッとしちゃったんだ」

カッとすることなんてないのに…。どうしてあの顔で、こんなに血の気が多いのだろう。何度も思うがもったいないないと思う。小・中学校の時は、本当に温和でぽわーっとしたコだったのに…。

しかも俺、先月は全力で悠里に頬をはたかれたんだよな…。あれは痛かった。でもあのお陰で、俺はへんなことを口走らないで済んだのか…。そう思うと、悠里…ありがとう…。

気づくとその幼なじみもクッキーと聞き、ようやく満面の笑みに戻っている。よかった。

「しかし僕、今日はえらいハラハラさせてもらったわ…。だけど不破くんはさすが頭取…、ツボを押さえとるなあ。ええ、卒業式やったよ」

卒業証書を一緒に作成した桂木は、ほっと一息ついている。

「俺、本当だったら、今日、卒業してんだよなあ。でも、こんな学院だったら、もう一年付き合ってもいいカンジ」

一昨年《おととし》、自動車事故に遭い、一年休学した速水真雄が、俺の背中をつついていた。

「とにかく不破、来学年もお願いしますね。このなっちゃん、ベストを尽くしますから」

俺まで退学になるところを、機転を利かせ助けてくれた花月が、どうやらまた人知れずハイ・テンションらしい。

「じゃあ、なっちゃん——来学年もよろしくお願いするよ…。俺、一人だと時々、本当に間の抜けたことをするから…」

その時、来期の学院副頭取は再び一人、感動の渦《うず》の中にいた。

不破…あなた今、私のことを確か『なっちゃん』と呼びましたね…。こんなに早く、バレンタインのお返しを頂けるとは思いませんでしたよ…。ふふ…四月が楽しみ♥

花月那智——心は学院最高頭取と同じ、ただの十七歳だった。

☆　２０３１年宇宙の旅　☆

「さて、まだ時間がありますようなので、昨日打ち上げに成功しました、『クール・ビューティー号』の発射の瞬間をもう一度映像で、お楽しみ頂きましょう」

ＴＶ局の女性アナウンサーが興奮ぎみに伝える。

「あっ、お待ち下さいっ、たった今、種ヶ島《たねがしま》宇宙センターから、連絡が入りました。どうやら、日本初の最大宇宙ステーション『ＨＥＡＲＴ《ハート》』から通信があったようですっ。山根さん、山根さん、様子をお伝え願えますか？」

テレビの映像に、ＮＡＳＤＡ（宇宙開発事業団）のメンバーである、山根澄佳氏の笑顔が映った。

「はいっ、こちら種ヶ島宇宙センター、山根です。ただ今、ようやくステーションからの通信が入りました。『クール・ビューティー号』は約八分前、無事、ステーションに到着した模様です。あっ、映像も入ってきました、今、船長の顔が映りましたっ」

「山根さんっ、船長とお話しすることは可能でしょうか？　みなさんお元気ですか？」

「わかりました。通信を取ってみます。こちら種ヶ島、山根です。桐生船長、お疲れさまでした。長旅のご感想は如何《いかが》ですか？」

「はい、こちら、クール・ビューティー号、桐生です。お陰さまで、途中、トラブルもなく、無事ステーションに到着いたしました。他のメンバー五人も全員無事、元気です」

「もしもし、種ヶ島の山根さん、こちらスタジオに桐生さんのお母様に来て頂いているのですが、ステーションに画像届きますか？」

「大丈夫ですよ、それではスタジオの映像を、さっそく送りますね。桐生船長、東京のお母様が、『レインボーTV』のスタジオにいらっしゃってます。映像、届きましたか？」

「はい、画像クリアです。ああ――うちのお袋ですね」

「山根さん、桐生船長から、お母様に何かお言葉を頂けますよう、お伝え願えます？」

「わかりました。桐生船長、お母様と今、お話ができますよ」

「そうですか――ああ、お母さん、元気ですか？　仕事終えたら、すぐ東京に帰りますからね。僕は元気ですから、心配しないで下さい」

スタジオで、桐生の母親は笑顔でうなずいていた。

「では、お母さんの方から――船長に何かメッセージをお願いします…」

種ヶ島宇宙センターの山根が機械を操作した。

三元中継である。

「真…よかったわね…こんな立派な宇宙ステーションができて…。体を大事に、仕事をしてらっしゃいね。本当にありがとう——こんなに長生きしてこれほど素晴らしいものを見せてもらえるとは思っていなかったわ。ありがとうね…」

七十をとうに過ぎた母は、そのつややかな笑顔を宇宙の果ての息子に送った。

「あの、山根さん、聞くところによりますと、船長と山根さんは、高校の同級生だったそうですが」

TV局のアナウンサー嬢が種ヶ島と連絡を取る。

「ええ、桐生船長とは、クラスメートでした。頼りがいのある学年の代表でした」

「あのう、桐生船長と山根さんの学年からは、相当多くの人が、現在、宇宙開発の仕事に携《たずさ》わっているというのは、本当でしょうか？」

「ええ、事実です。まずこのNASDAに約三十名おります。NASAに八名行っております。その他五十数名が、世界各国の宇宙開発の事業団に所属しております」

「ひとつの学校のひと学年から、それだけ大勢って、そんなことってあるのでしょうか？何かそういう特別な授業があったのですか…？」

「いえあの、僕ら高三の時、修学旅行でフロリダのケープカナベラルへ行ったんです。ケネディ宇宙センターを見学させて頂きまして…それからはもうみんな寝ても覚めても、宇宙、宇宙でした」

山根はふと思い出し笑いをしてしまう。

「そうですか。それはすごい経験ですね。えっと、それとあの『クール・ビューティー号』っていうのは、桐生船長が命名されたそうですが、どういうところからつけられた名前なんでしょう。今までの日本のロケットと言えば、『みどり』とか『きく』とか『かけはし』などなど、日本語名が多かったんですが、今回、横文字っていうのは、何か特別な意味があるのでしょうか？」

「それは直接、桐生船長に伺ったらよろしいですよ。では、ステーションにつなぎますね。桐生船長、桐生船長、こちら種ヶ島、山根。『クール・ビューティー』の名前の由来をお伺いしたいそうです」

山根澄佳は、今も大親友の船長と通信を取りながら、ふと三十数年前の卒業式を思い出し、懐かしい気持ちでいっぱいになった。

「こちら宇宙ステーション『ＨＥＡＲＴ』、桐生です。はい、『クール・ビューティー』っていうのは、実は、僕の高校時代の親友のあだ名でした。学校中が彼のことをそう呼んでいました。恩人です――。彼がいなかったら、僕は今、とてもここには来ていないと思いましたので――」

桐生真は、宇宙服の下に隠れる、銀のペンダントをしっかりと確認した。

種を蒔《ま》こう。
希望の種を蒔こう。
みんなで膨らませる大きな夢のなる樹《き》に育てよう。
雨にも雪にも、日照りにも、稲妻にも、竜巻にも負けない、そんな樹に育てよう。

十八歳の三月——僕らは種を蒔いた。
それはもう数え切れない方々の力を頂きながら——。

完

あとがき

大変長らくお待たせしました。八カ月振りの秀麗《しゅうれい》シリーズはいかがでしたでしょうか。今回は秀麗④『真夏の少年』以来の、先輩・後輩物語となりましたが、お楽しみ頂けましたでしょうか…？　私、今回は久し振りの涼《りょう》ちゃんだったもので、なかなかすぐには、秀麗ワールドに入れず、原稿を書く前に、まず秀麗の①〜⑮までをじっくり読んだりして、涼ちゃんたちが降りて（？）くるのをひたすら待っておりました。とにかく寝ても覚《さ》めても、秀麗のことを考える。しかし、その前に書いた、高校王子シリーズの登場人物がなかなか頭から去ってゆかない…。特に濃《こ》いーいキャラクターの編集さん、勅使河原《てしがわら》テッシー遼太郎《りょうたろう》の個性がキツイので、つい、そちらにひっぱられてしまう。と、苦しんでいるところに、編集部から「そろそろお仕事しませんか」と一見爽《さわ》やか風の電話が入る。

そこでようやく我に返る私。そーですよねー…書かなきゃだめっスよねー…やっぱしー…。などと観念して、プロットもまとまらないまま、とにかくワープロに向かう。でもやはり、案が浮かばない。で、すぐまた編集に泣きつく。

「あのー、何かいい案ないでしょうか…」と、冷や汗たらしながら訊《き》いてみる。プライドのかけらもない作者、とにかく神だのみの気持ち。すると――。

「そうですねー、先輩の話なんかどうですか？　今まであまり書いたことがないでしょう？　涼と同じように苦労をしている先輩なんか、いいんじゃないでしょうか？」

ハッ…編集長っ、やっぱし…すごいっ。それっ…それでいきますっ。と即決で書き始める私。というわけで書き上がった次第です。はあはあ…。今回もこのようにして、米満《よねみつ》編集長に、色々とアイディアを頂きました。本当にありがとうございます。助かりました。と先回も言っていたけど、今回も本当にまた助けて頂いた私です。

しかし、原稿はとっても遅れてしまって、おおや先生には本当にまた、ご迷惑をかけてしまいました…。すみません、毎度毎度…。それなのにいつも素敵《すてき》なイラストを描いて下さって、恐縮です…。本当にありがとうございました。うう…。同じく、編集や校正の方々にも、忙しい思いをさせてしまいまして…。こんなにお世話になっているのに…本当に、ごめんなさい。以後、気をつけます…。とっても反省、の私です。と、ここで、反省しながら…次の作品のお知らせです。なんとっ、冗談《じょうだん》で言っていた『秀麗&高校王子シリーズの合体本』が、実現しますっ！　ダメ元で、編集長にお伺いしてみたところ、OKを頂きました。少しお休みを頂いて、三カ月先の十二月四日発売ですっ！　舞台はなんと海外、しかも豪華客船の旅。あの清貧《せいひん》の涼ちゃんが、どこかすごい海外に行ってしまうのです。登場人物は今のところ、秀麗からは、涼、花月《かげつ》、悠里《ゆうり》、田崎《たさき》社長、ひょっとして悠里のお兄さんの遥《はるか》さん。高校王子シリーズからは、高校生作家の鷺沢晶《さぎさわあきら》、その弟の鷺沢尚《なお》（六歳）、超人気俳優の氷室《ひむろ》ケイ、先程も言いました濃いーいキャラクターの勅使河原遼太郎、そしてひょっとして、日本映画界の巨匠、黒岩《くろいわ》監督などなど。今までの『秀麗シリーズ』にも『高校王子シリーズ』にもない、涙、怪我《けが》、病気、苦労、葛藤《かっとう》一切なし（でも、ひょっとして、ちょっとはあるかも？）のひたすら笑ってしまう、楽しい本にしてみたいと思います。推理仕立てにしてもいいし、探偵物っぽくしてもいいし、とにかく東京を離れ、高校を離れ、華麗《かれい》にゴージャスにまとめてみようと思います。今回の秀麗で、涼ちゃんがやたらラテン系の言葉をあれこれと勉強していましたが、ひょっとしてそれらが役立つような国へ行くかもしれません。登場人物らに何かさせてみたいことがありましたら、どうぞ教えて下さいね。舞台はとにかく豪華客船です。地中海あたりかな…？　さて涼ちゃん、リッチな世界についていけるか？

　そしてお手紙、いつもありがとうございます。みなさんのお手紙はかなりしっかりと読んでいて、色々と面白い案を頂き、感謝しております。新しいペーパーをこれから書くところですので、希望の方にはお送りしますね。九月時点で、たぶん①〜③までのペーパーが書き上がっていると思います。希望のペーパーの番号をおっしゃって、宛《あ》て名シールを入れて下さると、非常にありがたいです（ない場合は紙に住所・名前を明記した紙でOKです）。

　それでは十二月四日に『少年☆王子』番外編で会いましょう。

七海花音《ななうみかのん》

「少年卒業記」のご感想をお寄せください。

♡おたよりのあて先♡

七海花音先生は

〒101-8001　東京都千代田区一ツ橋二―三―一

小学館・パレット文庫　七海花音先生

おおや和美先生は

同じ住所で　おおや和美先生

七海花音
ななうみ・かのん
12月21日東京都渋谷区で生まれる。現在は東京郊外在住。血液型A型。三人姉妹の真ん中。幼い頃はニューヨークで過ごし、小・中学校は東京。高校はサン・フランシスコのクリスチャン・スクールに通った。上智大学外国語学部卒。趣味：着物雑誌を読む。歌舞伎鑑賞。映画。ガーデニング。お散歩。現在パレット文庫より、聖ミラン学園物語シリーズと秀麗学院高校物語シリーズ、高校王子シリーズを大好評発売中！　また角川書店・ティーンズルビー文庫より、櫻ノ園高校物語全三巻を発売中。

パレット文庫
少年卒業記　秀麗学院高校物語16

2001年10月1日　第1刷発行

著者
七海花音
発行者
辻本吉昭
発行所
株式会社小学館
〒101-8001　東京都千代田区一ツ橋2-3-1
編集 03（3230）5455　販売 03（3230）5739
印刷所
凸版印刷株式会社

ISBN4-09-421176-4